GRAZER IRRWEGE

Astrid Schilcher wurde 1971 in Graz geboren, studierte einige Semester Kunstgeschichte und Dolmetschen und hat ein abgeschlossenes VWL-Studium. Sie lebt in Graz, führt seit sechzehn Jahren gemeinsam mit ihrem Mann ein Consulting-Unternehmen und unterrichtet an diversen Fachhochschulen. Aus Interesse studiert sie derzeit PELP (Political, Economic und Legal Philosophy) an der Universität Graz. 2018 veröffentlichte sie ihren ersten Roman, dieses Buch ist ihr erster Krimi.

ASTRID SCHILCHER

GRAZER IRRWEGE

Kriminalroman

emons:

Bibliografische Information der Deutschen Nationalbibliothek
Die Deutsche Nationalbibliothek verzeichnet diese Publikation in der Deutschen Nationalbibliografie; detaillierte bibliografische Daten sind im Internet über http://dnb.d-nb.de abrufbar.

FSC
www.fsc.org
MIX
Papier | Fördert gute Waldnutzung
FSC® C083411

Umschlagmotiv: mauritius images/Martin Siepmann/imageBROKER
Umschlaggestaltung: Nina Schäfer, nach einem Konzept von Leonardo Magrelli und Nina Schäfer
Umsetzung: Tobias Doetsch
Gestaltung Innenteil: DÜDE Satz und Grafik, Odenthal
Lektorat: Christiane Geldmacher, Bremberg, Textsyndikat.de
Druck und Bindung: CPI – Clausen & Bosse, Leck
Printed in Germany 2022
ISBN 978-3-7408-1526-4
Originalausgabe

Für Bruce

Lieber Sepp,

was, wenn du am Ende eines zwanghaften Selbstfindungstrips endlich fündig wirst und dir aus dem Abgrund des Spiegels nur Bedeutungslosigkeit und Leere entgegenstarren? Ich hab's vermasselt, voll und ganz. Aber hey, ich hab Frieden geschlossen. Ich arbeite jetzt im Club Anonym. Du wirst es nicht glauben, Sepp, aber ich bin echt gut in Pole-Dancing. Eine Flasche Schampus kostet hier dreihundertsiebzig Mäuse. Ich krieg zehn Prozent, wenn ich meine Freier zum Trinken animiere. Ich weiß, was du jetzt denkst, aber so schlimm ist es gar nicht. Ehrlich.
Kannst du dich noch erinnern, wie wir früher über einer Flasche Wein oft »Entweder-oder« spielten? Beatles oder Stones? Wein oder Bier? Berge oder Meer? Stephen King oder John Irving? Du und ich, wir waren uns immer einig in den wichtigen Fragen der Menschheit. Auch wenn die Beatles die besseren Musiker sein mögen … Mein Gott, Sepp, wie lange ist das her? Ich hoffe, es geht dir gut! Wäre schön, dich wiederzusehen. Komm doch einmal im Club vorbei. Oder nein, tu das lieber nicht. Es wäre mir peinlich, wenn du mich so siehst. Ruf mich an und wir gehen einen Kaffee trinken, oder besser einen Weihnachtspunsch. Okay? Meine Nummer: 0676 47112412000.

Auf hoffentlich bald und frohe Weihnachten
Dein alter Kumpel Lisa

Weihnachtsgrüße von einer Nutte

Chefinspektor Sepp Sempers Nase rebellierte noch immer gegen die picksüße Verheißung der Punschstände. Er registrierte die blinkenden, rotnasigen Rentiere auf den Balkonen entlang der Mur-Promenade und trug die ihm gemäß seiner Natur innewohnende Melancholie wie ein Schutzschild gegen die Weihnachtsstimmung vor sich her. Die Einkäufe für ein spätes Abendessen wogen schwer und zerrten an seiner rechten Schulter: Schweinslungenbraten, Karreespeck, Kartoffeln, Brokkoli, Schlagobers, rosa Pfefferkörner und eine Flasche Rotwein. Daraus würde er ein feines Schweinsfischerl im Speckmantel mit Pfeffersoße zaubern, den kräftigen rubinroten Zweigelt leeren und ein Buch lesen. Bulgakows »Der Meister und Margarita« und Nesbøs »Macbeth« lagen ganz oben auf seinem Stapel ungelesener Romane. Ein Mann mit einer exquisiten Flasche Wein und einer guten Lektüre war nie wirklich allein, tröstete er sich und versuchte, die Arm in Arm schlendernden Paare zu ignorieren.

Auch ihm war ein Jahrzehnt glücklicher Zweisamkeit vergönnt gewesen, das allerdings ein abruptes Ende gefunden hatte. Vor vier Jahren hatte ein betrunkener Autoraser seine Lebensgefährtin auf dem Zebrastreifen niedergemäht. Seither hielt er sich vom weiblichen Geschlecht fern. Weil es keine wie Christa gab, redete er sich ein. Weil er Angst hatte, sich wieder einzulassen und erneut ein geliebtes Wesen zu verlieren, behaupteten seine Handvoll Freunde. Die Wahrheit lag, wie so oft, irgendwo im Niemandsland der goldenen Mitte vergraben. Tatsache war, dass er jedes Gericht, das er für sich zubereitete, genauso wie seine Garderobe noch immer nach dem Geschmack seiner dahingeschiedenen Liebe auswählte. Oft diskutierte er sogar knifflige Fälle mit ihr, was ihm nicht selten eine richtungsweisende Erkenntnis bescherte. Aber davon erzählte Sepp Semper niemandem.

Die letzten Schritte führten ihn auf einem Anrainerweg entlang der Rückseite der Appartementanlage, in der er eine Erdgeschosswohnung mit Terrasse und Garten sein Eigen nannte. Das Bildschirmflimmern hinter den Fenstern verriet ihm, dass die meisten seiner Nachbarn gerade vor der Glotze saßen. Dass er als alleinstehender Mann keinen Fernseher besaß, sorgte regelmäßig für Unverständnis in seinem Bekanntenkreis. »Wozu? Um mir ›Tatort‹ anzuschauen?«, konterte er dann und erntete mitleidiges Kopfschütteln.

Sepp Semper hatte knapp die Hälfte seines Abendmahls verzehrt und sich gerade das dritte Glas Zweigelt eingeschenkt, als ihm beim beiläufigen Durchwühlen des Poststapels, wie üblich größtenteils Werbeprospekte, ein Briefumschlag mit aufgedruckten Christbaumkugeln ins Auge fiel. Kein Absender. Er kontrollierte die Adresse, um sicherzugehen, dass der Inhalt für ihn bestimmt war. Wer verschickte heutzutage noch Weihnachtspost? Und an ihn?

Mit dem Gabelzinken öffnete er den Umschlag und fingerte ein Billett hervor, dessen Front eine kitschige Schneekugel zierte, in deren weißem Flockengestöber ein lachender Weihnachtsmann seinen voll bepackten Schlitten lenkte. Sepp Semper war dankbar, dass es sich nicht um eine dieser nervigen Grußkarten handelte, die einem beim Aufklappen die Ohren mit Weihnachtsgedudel vergewaltigten. Zuerst registrierte er die schlampige, aber trotzdem unverkennbar weibliche Schrift. Als Nächstes wanderten seine Augen zur Unterschrift, die ihn sein Abendmahl fürs Erste vergessen ließ. Lisa? Mein Gott, das war über fünfzehn Jahre her. Er las die Karte einmal, zweimal, nahm einen Schluck Wein und las sie sicherheitshalber ein drittes Mal. Dann fiel ihm sein Schweinsfischerl ein, das mittlerweile bestenfalls noch lauwarm war. Er deckte den Teller mit einem feuchten Tuch ab und schob ihn in die kaum benutzte Mikrowelle. Der Dampf würde dafür sorgen, dass das Gericht schön saftig bliebe.

Nach dem Piep konzentrierte er sich erst mal auf den Verzehr seines Abendmahls. Eins nach dem anderen. Multitasking war für Sepp Semper der Todfeind der Effizienz. Er schichtete Teller, Besteck und Pfanne in den Geschirrspüler, schenkte sich ein letztes Glas Roten ein und wechselte von der Essküche ins Wohnzimmer. Nachdem er in seiner CD-Sammlung fündig geworden war und es sich auf der Couch bequem gemacht hatte, ließ er seine Gedanken auf bluesigen Pianoklängen und der rauen Asphaltstimme von Tom Waits in die Vergangenheit reisen:

Hey Charley
For chrissake
Do you want to know
The truth of it?

Lisa und er, die über zerklüftete Kreidefelsen und saftig grüne Hügel wanderten. Eine lachende Lisa inmitten flauschiger Schafe und kostümierter New-Age-Freaks auf den Spuren King Arthurs. Erinnerungsfragmente. Die Blasen, die sich durch den Zersetzungsprozess im Moor des Vergessens bildeten, stiegen nun in Form von Bildern in sein Bewusstsein auf. Seine beste Freundin und er hatten auf die wenig originelle Maturareise nach Kreta gepfiffen, waren stattdessen zu zweit nach Cornwall aufgebrochen, angezogen von der pittoresken Landschaft und dem keltischen

Kulturerbe der englischen Grafschaft. Nach ihrer Rückkehr hatten sie beide im »Gambrinuskeller« gekellnert, um ihr Studium zu finanzieren. Ihm hatte es die Juristerei angetan, Lisa hatte sich von der Philosophie Antworten auf die existenziellen Fragen der Menschheit erhofft. Nach zwei Semestern wurde ihm klar, dass Recht und Gerechtigkeit oftmals durch den Graben der Moral getrennt waren, was ihn dazu veranlasste, sein Studium an den Nagel zu hängen. Während sein bester weiblicher Kumpel auf Soziologie umsattelte, begann er die zweijährige Basisausbildung, die den Grundstein für seine Polizeikarriere bildete.

Zwischen Lisa und ihm existierte der Funkenflug einer diffusen, jedoch unleugbaren elektrischen Spannung. Ein wohliges Knistern, das sich mangels nötigen Windstoßes nie zur lodernden Glut entfachte. Beide hatten rasch wechselnde Partner – nichts Ernstes –, aber nie etwas miteinander. Sepp Semper mochte Lisas Geradlinigkeit, ihre unbändige Energie und den Eifer, mit dem sie ihre Ziele verfolgte, auch wenn Letztere die Beständigkeit von Aprilwetter aufwiesen. Sie hörten dieselbe Musik, lachten über Monty Python und stritten über den Wahrheitsgehalt von Astrologie. Bis zu ihrem zweiundzwanzigsten Lebensjahr waren sie füreinander die Hüter ihrer wechselseitigen Geheimnisse und Träume gewesen. Dann lernte er bei einer Lesung im Literaturhaus, zu der Lisa ihn mitgeschleppt hatte, Christa kennen. Anfangs zogen sie noch gemeinsam um die Häuser, aber das wurde rasch weniger. Lisa schmiss aus heiterem Himmel alles hin, brach ihre Zelte in Graz ab und machte sich auf zu einer Yogalehrer-Ausbildung in Indien. Es folgten noch ein paar Ansichtskarten, bevor sie aus seinem Leben und schließlich auch seinen Gedanken ins Nirwana entglitt. Lisa, die ewig Suchende. Was war passiert, dass sie nun als Prostituierte im bekanntesten Nachtclub von Graz gelandet war?

Sepp Semper tastete nach seinem Handy, warf einen Blick auf die weißen Digitalziffern vor blauem Hintergrund, zwischen denen ein Doppelpunkt im Rhythmus der Zeit pulsierte. Zweiundzwanzig Uhr fünfzehn. Er legte das Smartphone wieder zur Seite. Zu spät für Telefonate.

Gefühle, die man selbst nicht versteht

Im Großraumbüro der Ermittlertruppe für Gewaltverbrechen floss der Filterkaffee in Strömen, während Christoph Leitner, mit dem Chefinspektor Semper seit beinahe zehn Jahren zusammenarbeitete, einen gewohnt knappen und präzisen Bericht über ihren aktuellen Fall ablieferte.

»Der Nachbar hat den Täter sowohl unter fünfzehn Fotos als auch bei der Gegenüberstellung eindeutig identifiziert. Auch wenn auf den Bildern der Überwachungskamera nicht viel zu erkennen ist, Franz Bauer hat kein Alibi, dafür aber ein handfestes Motiv. Das sollte reichen, um ihn der Tat zu überführen. Die Staatsanwaltschaft erhebt Anklage, für uns ist die Untersuchung somit abgeschlossen. Sonst steht momentan nichts an.«

»Der Strafverteidiger wird sicher schwere Geschütze auffahren, um Zweifel an der speziellen Glaubwürdigkeit der Zeugenaussage zu säen. Haben wir dem Staatsanwalt genug Munition geliefert, dass er darauf vorbereitet ist?«

»Arzt, introvertiert, dem Zeugen ist definitiv eine gute Beobachtungsgabe zu attestieren.«

»Herrschaftszeiten, Christoph! Die allgemeine Kredibilität der Person interessiert mich einen feuchten Dreck. Das solltest du mittlerweile schon wissen. Die Strategie der Verteidigung wird darauf abzielen, die spezielle Validität der Aussage anzuzweifeln. Wie fundiert ist die Wahrnehmung des Augenzeugen?«

»Entspann dich, Chef. Eine Lüge können wir ausschließen, und auch eine Wahrnehmungs- oder Gedächtnistäuschung sind mehr als unwahrscheinlich. Wir haben penibel darauf geachtet, dass sämtliche vorgelegten Fotos und bei der Gegenüberstellung präsentierten Personen die bekannten Tätermerkmale aufweisen und der Beschreibung ähneln. Beim vorangegangenen Foto-Screening waren Bilder aller Distraktpersonen dabei, genau wie du es immer predigst. Die Verteidigung kann also nicht behaupten, dass Franz Bauer bei der Gegenüberstellung nur identifiziert wurde, weil sein Gesicht als einziges von den Fotos her vertraut war.«

Der Chefinspektor nickte zufrieden. Aber Sepp Semper genoss nicht umsonst den Ruf, ein ausgemacht gründlicher und gewissenhafter Ermittler zu sein.

»Und die Aussage selbst?«, bohrte er weiter und wurde dafür mit einem Augenrollen bedacht.

»Wir haben den Zeugen aufgefordert, das Geschehen in unterschiedlichen Reihenfolgen darzustellen und jegliche suggestiven Einflüsse in der Abrufphase der Erinnerung tunlichst zu vermeiden. Ihm ist sofort klar gewesen, dass er ein Verbrechen beobachtet hat. Somit kann reduzierte Aufmerksamkeit in der Einprägungsphase ebenfalls ausgeschlossen werden. Das alles hast du mir ja bis zum Abwinken eingetrichtert.«

»Ja, ja. Veräppeln kann ich mich schon selbst.«

»Schlecht gelaunt?«

»Schlecht geschlafen. Wo steckt übrigens Kollege Steiner?«

»In der Lagergasse. Eine Frau hat ihrem Prostituierten-Dasein mit dem Strick ein Ende gesetzt. Ihre Kollegin und WG-Mitbewohnerin hat sie gegen sechs Uhr gefunden.«

Eine böse Vorahnung beschlich den unausgeschlafenen Geist des Chefinspektors und provozierte einen cholerischen Ausbruch: »Welcher Idiot hat diese Arschgeige und Null allein dorthin geschickt?«

»Hey, mach mal langsam!« Christoph Leitners Ärger war nicht zu überhören. »Der Idiot war ich. Notarzt und Streifenpolizei waren bereits vor Ort. Sie haben uns verständigt, um Fremdverschulden ausschließen zu können. Selbstverständlich habe ich selbst bei einem mutmaßlichen Suizid Steiner nicht solo, sondern zusammen mit Peter losgeschickt, und die Kollegen von der Tatortgruppe sind auch schon unterwegs. Wenn du ihm nichts zutraust, wird er sich nie weiterentwickeln.«

Sepp Semper bemerkte, dass sich die Körperhaltung seines engsten Vertrauten von lässig zu angriffsbereit gewandelt hatte. Aufgerichtet, mit gespannten Schultern und leicht vorgebeugt stand die Nummer zwei im Team vor ihm und taxierte ihn herausfordernd. Er rieb sich Augen und Nasenwurzel bis zur schamvollen Errötung. »Tut mir leid, Christoph, das war völlig unangebracht.«

»Schon gut. Meine Frau hat für schlafarme Nächte übrigens Baldriankapseln. Solltest du vielleicht auch mal andenken.«

»Danke. Botschaft angekommen.« Da auch sein Abteilungsinspektor ein bekennender Waits-Fan war, fühlte er sich bemüßigt, eine Liedzeile zum Besten zu geben: *»Well, the night does funny things inside a man.«*

»Ist letzte Nacht irgendwas passiert, was ich wissen sollte?«

Sepp Sempers Nein kam zu schnell, und er wusste sofort, dass es ungefähr so glaubhaft klang, als würde Keith Richards sich von Sex, Drugs und Rock'n'Roll distanzieren. Hastig fuhr er fort: »Ich möchte mir das selbst anschauen. Ist ja sonst nichts zu tun, alles ruhig in Graz. Komm.«

Über der Sportwetten-Bar

Die Autofahrt durch den Bezirk Gries, einst Zentrum der Erotik-Clubs, heute Brennpunkt der Integrationsdebatte, führte die beiden Kollegen vorbei an Kebab-Läden, Handyshops, Ramschläden, asiatischen Supermärkten und einer Menge leer stehender Geschäftslokale. Sepp Semper wetzte in seinem Sitz hin und her, schaltete das Autoradio an und wieder aus und hing seinen Gedanken nach. Christoph Leitner war taktvoll genug, sich Fragen zu verkneifen. Angesichts des Verkehrsaufkommens am Griesplatz entwischte ihm jedoch ein Fluch, der den Chefinspektor aus seiner geistigen Versenkung aufschreckte.

»Tut mir leid, aber es ist immer das Gleiche hier. Völlig egal, zu welcher Tageszeit man unterwegs ist.«

Sein Vorgesetzter nickte und brach sein nachdenkliches Schweigen. »Erst vor ein paar Tagen ist mir ein Zeitungsbericht untergekommen, dass unsere Stadtpolitiker schon wieder an einem Konzept zur Neugestaltung des Platzes arbeiten. Diese leidige Diskussion verfolgt uns jetzt seit den neunziger Jahren. Architekturwettbewerbe, Bürgerbeteiligungen, nie umgesetzte Verkehrskonzepte. Bislang alles für die Fisch, der Platz ist nach wie vor eine seelenlose Transitroute für Autos und kein Platz für Menschen«, kommentierte er und erntete ein resigniertes Kopfschütteln.

Im Erdgeschoss des Wohnhauses in der Lagergasse befand sich eine heruntergekommene Sportwetten-Bar. Das Stiegenhaus war jedoch peinlich sauber, der scharfe Geruch von Salmiakgeist hing noch in der Luft. Sie bewältigten die vier Stockwerke zu Fuß. Oben angekommen, öffnete ihnen Markus Steiner im weißen Schutzanzug die Tür zu der loftartigen Dachwohnung. Die SpuSi war also bereits vor Ort. »Was macht ihr denn hier? Sagt nicht, die diplomierte Schwanzpoliererin ist die Tochter irgendeines Lokal-Promis.«

»Wie lange sind Sie jetzt bei uns, Herr Steiner?« Der schneidende Ton in Sepp Sempers Stimme verhieß nichts Gutes.

»Ziemlich genau sechs Monate.«

»Sechs Monate. Glauben Sie nicht, dass es langsam Zeit wird zu zeigen, dass Sie mehr draufhaben als Ihre dämlichen oder rassistischen Kommentare, mit denen Sie uns laufend beglücken?«

»Das war jetzt aber schon ziemlich hart«, tadelte Christoph Leitner, nachdem der junge Kollege mit einem hochroten Kopf verschwunden war.

»Mag sein. Aber dieser Spaßvogel ist für mich der Juckreiz im Teamorganismus.« Mit einem resignierenden Seufzer fügte der Chefinspektor hinzu: »Aber du hast recht, ich muss mit ihm klarkommen. Was haben sie uns in dem Gruppendynamik-Seminar beigebracht? Jede Rolle muss besetzt sein. Offenbar auch die der Krätze.«

Nachdem Christoph und er ebenfalls im Ganzkörperüberzug steckten, folgten sie, wie Seiltänzer einen Fuß vor den anderen setzend, dem mittels Kreidespray gekennzeichneten Pfad. Die Wohnung war sauber und einfach möbliert. Accessoires wie Blumenvasen, Kerzen oder farbenfrohe Wandornamente vermittelten den Eindruck, als hätten sich ihre Bewohner bemüht, sie so wohnlich wie möglich zu gestalten. Eine warme Rückzugsoase inmitten eines der gefürchtetsten Grazer Bezirke. Von einem Dachbalken, an dessen Unterseite eine Vorhangschiene montiert war, hing eine rote Gardine, die vermutlich als Raumteiler zwischen der gemeinschaftlichen Wohnküche und dem angrenzenden Schlafbereich fungierte. Der Chefinspektor bemerkte den Rest eines weißen, ebenfalls vom Dachbalken baumelnden Nylonseils und schob sich an den Kollegen vom Erkennungsdienst vorbei, die, bewaffnet mit Pinseln, Kontrastpulver, Spurensicherungsfolie, Pinzetten, Druckverschlussbeuteln und Fotoapparat, mit der Spurensuche und -sicherung beschäftigt waren.

Lisa hatte ihre brünetten, leicht rötlich schimmernden Haare immer lang und offen getragen. Auf einer Plastikplane lag eine Frauenleiche mit blondem Pagenkopf. Trotzdem genügte Sepp Semper ein Blick. Seine finstere Vorahnung war Realität geworden. Die abgeschnittene Schlinge hing noch um ihren Hals, ein dünner Streifen am Haaransatz verriet dessen Naturfarbe. Lisas zarter Körper war in ein übergroßes T-Shirt gehüllt. »Three lives left« stand darauf über einer Comic-Katze mit Pflaster, bandagierter Pfote, blauem Auge und zerbrochenem Skateboard. Neben der Leiche lag ein umgefallener Stuhl, dessen drei Brüder sich um den Esstisch gruppierten.

Kollege Steiner hatte sich mit einem Notizblock in der Hand neben Semper materialisiert. »Die tote Nutte heißt –«

»Lisa Schreiner, ich weiß.« Ein kurzes Räuspern, ein rascher Wischer mit dem rechten Handballen über beide Augen, dann hatte er sich wieder gefangen. »Ich kenne sie«, und als er sah, wie Steiner die Mundwinkel verzog, fügte er in scharfem Ton hinzu: »Von früher, Sie können sich Ihr süffisantes Grinsen also gleich von Ihrer blöden Visage wischen, bevor ich es tue.«

Jetzt war es am Leiter der Spurensicherung, sich zu räuspern. »Entschuldigung, wir werden die Tote nun entkleiden, macht bitte Platz.« Unter dem unförmigen T-Shirt kamen ein hellgrauer Baumwollslip und ein BH aus dem gleichen Material zum Vorschein. Definitiv nicht ihre Arbeitsunterwäsche. Den rechten Brustansatz zierte ein Tattoo. Der Chefinspektor vermutete, dass es sich bei der in Schwarz und Rotviolett gehaltenen Darstellung von rund vier Zentimetern Durchmesser um eine Lotusblüte handelte. Er sah zu, wie die Beamten vorsichtig die blasse Haut nach etwaigen Auffälligkeiten absuchten und Hände und Hals der Leiche abklebten, um Fasern zu sichern. »Oberflächlich finden sich keinerlei Anzeichen auf Fremdeinwirkung. Aber das ist Sonjas Expertise, nicht unsere. Wirklich sicher können wir erst nach der Obduktion sein.«

Peter Liebisch war inzwischen mit der für ihn typischen Unaufdringlichkeit zur Gruppe gestoßen und wartete auf einen Blick des Chefinspektors, bevor er seine Hornbrille mit dem Mittelfinger zurechtrückte und mit der Schilderung seiner Eindrücke begann: »Auf den ersten Blick gibt es auch keine Kampfspuren in der Wohnung. Das Glas und die halb leere Whiskeyflasche am Esstisch könnten auf Mut-Antrinken hindeuten. Abschiedsbrief haben wir allerdings keinen gefunden.«

Das war das Stichwort für den Ermittlungsleiter, die Aufgaben zu verteilen. »Ich will Sonja hierhaben, da wir Fremdeinwirkung nicht hundertprozentig ausschließen können. Peter, knöpf dir das Handy der Toten vor – und ihren Laptop, falls es einen gibt.«

Peter Liebisch war technisch eine Koryphäe und ein derartiger Nerd, dass Sepp Semper vermutete, er könnte sogar Elbisch auf Klingonisch übersetzen. Beim Auffinden von Indizien in der digitalen Welt konnte ihm niemand das Wasser reichen.

»Wer hat sie gefunden?«

»Ihre Mitbewohnerin, eine gewisse Lenka Kovac, sechsundzwanzig Jahre, stammt aus der Slowakei. Sie ist ebenfalls Prostituierte und hat die Leiche beim Heimkommen aus dem Club Anonym entdeckt, nach eigener Aussage ziemlich genau um sechs Uhr. Sie wartet in ihrem Schlafbereich am anderen Ende der Wohnung, hat vom Notarzt ein Beruhigungsmittel bekommen.« Markus Steiner bemühte sich um einen möglichst sachlichen Ton.

»Danke. Christoph, du und ich übernehmen die Vernehmung der Zeugin und warten auf Sonja. Herr Steiner, Sie nehmen sich bitte die restlichen Hausbewohner vor und finden heraus, ob jemand ausnahmsweise mal etwas gehört oder gesehen hat. Wir treffen uns alle wieder um fünfzehn Uhr im Büro zu einer ersten Lagebesprechung.«

Wie meine Schwester

Lenka Kovac hatte ihr privates Schlafreich mit einem sonnengelben Vorhang vom Rest der ungefähr fünfzig Quadratmeter großen Wohnung abgetrennt. Sie kauerte im Jogginganzug auf ihrem Bett, neben sich eine Packung Taschentücher, von denen zwei bereits zerknüllt waren. Es war offensichtlich, dass sie geweint hatte.

»Frau Kovac?«

Ein knappes Nicken.

»Ich bin Chefinspektor Semper vom LKA Steiermark, das ist mein Kollege, Abteilungsinspektor Leitner. Sind Sie in der Lage, uns einige Fragen zu beantworten?«

Sie zuckte nur mit den Schultern, was die beiden Kripo-Beamten als Ja interpretierten. Ein Stuhl mit rosa Kunstfell vor einer winzigen Frisierkommode bot die einzige Sitzgelegenheit im Raum. Stühle vom Esstisch zu holen hätte unweigerlich zu einer Diskussion mit der Tatortgruppe geführt, die jede noch so minimale Veränderung in der Wohnung genauestens dokumentieren musste. Somit blieben die Ermittler stehen.

Christoph Leitner zückte Notizbuch und Kugelschreiber, Sepp Semper verzichtete darauf. Erst jetzt nahm der Chefinspektor die fast schwarzen, ungewöhnlich wachen Augen der Frau wahr und fragte sich, wie sich diese in den Kopf einer Prostituierten verirrt hatten. Im nächsten Moment wurde ihm bewusst, wie albern und haltlos dieses Vorurteil war. Als erfahrener Ermittler wusste er nur zu gut, dass alle die Welt durch die Gitterstäbe ihrer Voreingenommenheit betrachteten, die sich oft als Bauchgefühl tarnte. Eine der größten Herausforderungen lag darin, die Verzerrfilter der geistigen Befangenheit zu erkennen, um sie bewusst ausblenden zu können.

Die restliche Erscheinung von Lisas Mitbewohnerin – schwarz gefärbte Haare, lange, mit neonfarbenem Lack und Strasssteinen verzierte Nägel und grelle, vom Weinen verronnene Schminke – entsprach neben der am Boden liegenden roten Reizwäsche hingegen dem Klischeebild. Trotzdem hatte die Zeugin etwas an sich, das dem Chefinspektor suggerierte, achtsam zu sein und ihren Worten genaues Gehör zu schenken.

»Erzählen Sie, was passiert ist«, kam er ohne Umschweife zur Sache. Notizen machte er sich während einer Erstschilderung nie, das lenkte ihn nur ab, die feinen Nuancen in Wortwahl, Stimme und Gestik wahrzunehmen.

Lenka Kovac berichtete, wie sie die Leiche ihrer Mitbewohnerin und Freundin aufgefunden hatte, als sie direkt vom Club Anonym heimgekommen war.

»Ich habe um fünf Uhr dreißig im Nachtclub Schluss gemacht, da war nichts mehr los. Für den Nachhauseweg brauche ich eine halbe Stunde. Das heißt, es muss um sechs gewesen sein – ein paar Minuten auf oder ab –, als ich Lisa so …«

Sie brach ab, presste ihre Lippen fest zusammen und schüttelte den Kopf. Nach ein paar Sekunden fuhr sie fort: »Beim Betreten der Wohnung habe ich mich gleich gewundert, dass bei Lisa noch Licht an war. Dann habe ich gesehen, dass irgendetwas vom Dachbalken hängt. Erst auf den zweiten Blick ist mir klar geworden, dass Lisa da … Ich bin zu ihr gelaufen, aber ich konnte nichts mehr … Ihre Zunge … Es war offensichtlich, dass sie tot war. Ich habe dann sofort die Polizei gerufen.«

Sie drehte ihren Kopf leicht zur Seite, richtete ihren Blick auf einen imaginären Punkt knapp unter der Zimmerdecke und ließ ihre langen Wimpern in rascher Folge auf- und zuklappen. Vermutlich versuchte sie so, die schmerzlichen Bilder wegzublinzeln.

»Frau Kovac«, redete Sepp Semper sie bewusst mit Namen an, um ihre Gedanken von dem grausigen Leichenfund wieder ins Hier und Jetzt zu holen, »würden Sie uns bitte Ihre Beziehung zu Lisa Schreiner beschreiben?« Seine betont ruhige und sanfte Stimme konnte nicht verhindern, dass die Zeugin in heftige Weinkrämpfe ausbrach und zwei weitere Taschentücher in einem feuchten Bausch endeten. Zwischen den Schluchzern und Schnäuzern waren die Worte »Freundin«, »großes Herz« und »ältere Schwester« zu vernehmen, worauf sich die Ermittler ihren Reim machen konnten.

»War Frau Schreiner in letzter Zeit verändert? Hatte sie Probleme?«, wollte Christoph Leitner wissen.

Semper bemerkte, wie die Freundin der Toten zu einem Nein ansetzte, dann aber innehielt. Die wachen Augen kamen wohl nicht von ungefähr. Vorsichtig hakte er nach. »Irgendwas lässt Sie zögern. Eine Kleinigkeit, die Sie beobachtet haben? Eine beiläufige Bemerkung? Eine winzige Veränderung im Verhalten von Frau Schreiner? Vertrauen Sie Ihrem Gefühl, Frau Kovac, jedes Detail könnte für uns wichtig sein.«

»Es ist nur so eine Ahnung«, begann sie zaghaft und kaute auf ihrer vollen Unterlippe. »Vor vier Tagen waren Lisa und ich gemeinsam an den Stangen. Die Tänzerinnen hatten gerade Pause, da machen wir das manchmal, um Freier zu ermuntern. Ein Mann tauchte auf, hat sich an den vordersten Tisch gesetzt. Er fiel mir auf, weil er irgendwie fehl am Platz wirkte, eher wie ein Priester, verstehen Sie? Lisa verschwand nach der Nummer sofort hinter der Bühne. Ich ging ihr nach, wollte wissen, was mit ihr los sei. Aber sie sagte nur, dass sie sich nicht wohlfühle und für den Abend Schluss machen wolle. Als er merkte, dass sie nicht mehr zurückkam, ist der Mann auch bald abgeschwirrt. Damals habe ich mir nichts dabei gedacht, aber jetzt …«

»Hat Frau Schreiner erwähnt, dass sie den Mann kannte?«

»Nein, aber es war offensichtlich, dass er wegen ihr da war. So was merkt man in unserer Branche.«

Untrüglicher Geschäftssinn einer Prostituierten – die beiden Ermittler glaubten ihr aufs Wort.

»Vorgestern ging Lisa auch früher als gewöhnlich, angeblich, weil sie sich mit jemandem treffen wollte. Das kam sonst nie vor. Gestern schien dann wieder alles normal zu sein. Es war wenig los, deswegen hörte Lisa schon kurz nach Mitternacht auf. Ich hatte noch einen Freier, danach wollte ich auch heimgehen. Dann kam plötzlich noch eine ganze Männertruppe. Junggesellenabend, da ist immer viel Marie zu machen. Private Table Dance, Whirlpool, Champagner, einige Nummern – also bin ich noch bis halb sechs geblieben. Als ich in die Wohnung kam … Ich verstehe nicht, warum sie …« Der Rest ging wieder in einem heftigen Weinkrampf unter.

»Als Sie die Wohnung betraten, war die Tür da abgeschlossen?«, wollte Christoph Leitner wissen.

Sie überlegte, schloss konzentriert die Augen und schüttelte den Kopf.

»War das üblich, dass Ihre Mitbewohnerin nicht abschloss?«

»Das kam schon vor. Die Tür lässt sich von außen nach dem Zufallen sowieso nur mit einem Schlüssel öffnen.« Sie rieb sich die rot geweinten Augen. »Ich bin müde.«

»Selbstverständlich. Eine letzte Frage: Die Schnur, mit der … also, das Tatwerkzeug … Haben Sie die zuvor schon einmal in der Wohnung gesehen?«

»Ja, das war unsere Wäscheleine.«

»Danke, Frau Kovac. Die Spurensicherung wird hier noch einige Zeit beschäftigt sein. Können Sie woanders übernachten?«

Nachdem sie dies bejaht und zugestimmt hatte, am nächsten Morgen zu einer ausführlichen Zeugenaussage aufs Präsidium zu kommen, organisierte Christoph Leitner, dass einer der Streifenpolizisten die junge Frau zur angegebenen Adresse der Freundin bringen würde.

Inzwischen war Sonja Adelmann, die Gerichtsmedizinerin, am Tatort eingetroffen und bereits in ihre Arbeit vertieft. Jede ihrer Bewegungen zeugte von Routiniertheit, immer wieder hielt sie kurz inne, um ihre Eindrücke in prägnanten Wort-Stakkati auf ihrem Diktiergerät festzuhalten.

»Gleitknoten dorsal im Nacken.«

»Keine Zyanose.«

»Totenflecken distal an den Extremitäten.«

Sie drückte mit der Kuppe ihres rechten Zeigefingers auf eine der Verfärbungen. »Lassen sich leicht wegdrücken.«

Geschickt hob sie mit einer Pinzette die Augenlider an. »Keine Staublutung.«

Das warme Timbre ihrer Stimme bildete einen befremdlichen Kontrast zu den knappen, kühlen Fakten. Sepp Sempers Hände verloren sich in ungeduldigen Wanderungen zwischen Wange, Kinn und Hosentasche, aber er wusste nur zu gut, dass man Sonja Adelmann besser nicht mit voreiligen Fragen bei ihrer konzentrierten Tätigkeit störte. Endlich wandte sie ihm ihr apartes, leicht kantiges Gesicht zu.

»Der Tod ist zwischen ein und vier Uhr morgens eingetreten. Todesursache mit ziemlicher Sicherheit Sauerstoffmangel im Gehirn infolge des Erhängens. In diesem Fall handelt es sich um typisches Erhängen. Das Strangwerkzeug lag symmetrisch an Hals und Kopf, der Knoten befand sich im Nacken, und der Körper hing frei im Raum. Alle

Blutgefäße am Hals wurden folglich gleichzeitig und komplett verschlossen. Daher gibt es keine Blaufärbung, keine Schwellung von Gesicht und Zunge und keine Blutungen in den Bindehäuten der Augen. Anzeichen auf Fremdeinwirkung erkenne ich auf den ersten Blick keine. Genaueres nach der Obduktion, sobald ich die Anordnung vom Staatsanwalt auf dem Tisch habe, so wie es sich gehört. Warum habt ihr mich überhaupt herbestellt?«

»Weil ich wollte, dass du dir vor Ort ein Bild machst. Du hast ein gutes Gespür –«

»Spar dir das Gesülze und komm mir ja nicht mit ›weiblicher Intuition‹. Spuck einfach aus, was du von mir willst, Sepp.«

Semper schätzte die direkte Art der Gerichtsmedizinerin. Um den heißen Brei herumzureden und Worte auf die Goldwaage zu legen ging auch ihm gegen den Strich. Wahrscheinlich, mutmaßte er, verstand er sich deswegen so prächtig mit Sonja Adelmann.

»Die Tote ist eine Jugendfreundin von mir, die ich seit über fünfzehn Jahren nicht mehr gesehen habe. Gestern ist aus heiterem Himmel eine Weihnachtskarte von ihr eingetrudelt. Sie wollte mich wiedersehen, einen Punsch trinken gehen. Ihre Nachricht klang nicht suizidal. Nostalgisch, ja, aber nicht lebensüberdrüssig. Ich bitte dich einfach, die Möglichkeit eines Gewaltverbrechens besonders im Auge zu behalten.«

»Verstanden«, war alles, was die Gerichtsmedizinerin dazu zu sagen hatte.

Der Leiter der Spurensicherung hatte die Unterhaltung mitbekommen und knurrte: »Dann haut endlich ab und lasst uns in Ruhe unsere Arbeit machen. Vielleicht finden wir ja was Aufschlussreiches.«

»Lass mich noch rasch einen Blick in ihr Schlafzimmer werfen, dann sind wir weg.«

Das säuberlich gemachte Bett nahm fast den gesamten Raum ein. Schubladen und Ablageflächen darunter nutzten den spärlichen Platz optimal aus und ließen den Raum aufgeräumt wirken. Die Tatortgruppe würde ihren Inhalt penibel dokumentieren. Eine Fototapete mit Waldmotiv an der Rückwand des Zimmers schaffte eine Illusion von Geräumigkeit. An der rechten Wand lehnte ein Spiegel, vor dem ein weißer Drehhocker stand. Die linke Raumseite war mit einer simplen, offenen Schrankkonstruktion aus weiß lackierten Spanplatten und Stahlrohren, wahrscheinlich Ikea, verbaut. Eine Stehlampe, ein kleines Bettkästchen mit Büchern und Leselampe darauf, das war's. »Mr. Mercedes« und »1Q84«, typische Lisa-Kombo. Das Ganze wirkte ordentlich. Das Schlafzimmer von jemandem, der sein Leben im Griff hatte.

»Ein Suchbild, Sepp, findest du den Fehler?« Christas Stimme in seinem Kopf. Er schloss die Augen und ging den Raum nochmals im Geiste durch. Sie hatte recht, etwas fehlte. Er konnte nur nicht festmachen, was. Frustriert blies er die Luft durch die Nasenlöcher aus und verließ mit seinem Kollegen den Tatort.

Christoph Leitner legte den ersten Gang ein, umfasste das Steuer des Škodas in der Viertel-vor-drei-Stellung und richtete seinen Blick stur geradeaus. »Wohin jetzt, Chef?«

Ein knapper Anruf bei Roswitha Schneeberger, der kompetenten Abteilungsassistentin, und Sepp Semper hatte die Bestätigung, dass die in seinem Kopf abgespeicherte Adresse nach wie vor gültig war. »Heinrichstraße, da wohnen ihre Eltern.«

Ich lebe jetzt in Bali

Lisa und er hatten die Wohnung immer scherzhaft als »Upper Bourgeoisie auf hundertzehn Quadratmetern« bezeichnet. Während Christoph und er auf der Wohnzimmercouch Platz nahmen, suchten die Augen des Chefinspektors nach Veränderungen, aber abgesehen davon, dass die Streifentapete einer altrosa Wandfarbe gewichen war, konnte er keine entdecken. Lisas Eltern hatten sich gut gehalten. Die Haare etwas grauer, ein paar Falten mehr im Gesicht, aber ansonsten waren die aus den aktuellen visuellen Eindrücken geformten Bilder nahezu deckungsgleich mit den in seiner Erinnerung abgespeicherten. Bis auf die Augen. Wo einst ein Funke verschmitzter Lebensfreude inmitten eines Sees voll gelassenem Optimismus geblitzt hatte, fand er nach dem ersten Schock über die Todesnachricht nun ausnahmslos trüben Schmerz.

Sepp Semper überließ bei den ersten Routinefragen, die um den letzten Kontakt sowie das Verhältnis zwischen Eltern und Tochter kreisten, seinem Kollegen die Zügel. Nach und nach entfaltete sich in der repräsentativen Altbauwohnung eine tränengeflutete Geschichte von Entfremdung und Selbstvorwürfen. Es tat ihm weh, ihre Seelenpein mitanzusehen. Zu allem Überfluss spann Lisas Mutter auch noch eine alternative Realität unter der Überschrift »Wärst du doch unser Schwiegersohn geworden«.

»Wir haben uns immer gewünscht, dass ihr zusammenkommt. Du wärst gut für sie gewesen, hast sie immer geerdet«, offenbarte sie ihr Innerstes.

Unangenehm berührt, beeilte sich der Chefinspektor, das Gespräch auf die Biografie der Verstorbenen zu lenken. »Was hat Lisa eigentlich gemacht, nachdem sie nach Indien verschwunden ist?«

Rasch wurde klar, dass Herrn und Frau Schreiner nur wenige Details über die Stationen von Lisas Lebensweg bekannt waren. Die Eltern ahnten nicht, womit ihre Tochter zuletzt ihr Geld verdient hatte. Lisa hatte ihnen das Märchen von der »Event Hostess« aufgetischt, das beide nur zu gerne geschluckt hatten. Sepp Semper war gezwungen, ihre Illusionen brutal zu zerschmettern, sonst würden es die Medien tun.

»Lisa hätte doch nie …«, setzte der Vater an und verstummte kopfschüttelnd.

»Sie hätte es uns doch sagen können. Das muss sie doch gewusst haben«, murmelte die Mutter, ihre Worte mehr für sich selbst als für die Ermittler bestimmt.

In den Gesichtern der beiden sah Semper die Tochter ein zweites Mal sterben. Für Eltern war der Tod ihres rosaroten Kindesbildes beinahe so schwer zu verkraften wie das leibliche Ableben, das hatte er schon öfter erlebt.

Um die Situation etwas zu entspannen, bot er an, für alle Kaffee aufzubrühen. Auch die geräumige Holzküche im Landhausstil war noch genau so, wie er sie in Erinnerung hatte. Er schüttelte das Gefühl heimeliger Vertrautheit ab, das bei Ermittlungen nichts zu suchen hatte, und machte sich an die Arbeit. Beim Mahlen der Bohnen stellte er fest, dass sogar die Kaffeemarke über die Zeit konstant geblieben war. Nachdem sich die letzten Wassertropfen zischend ihren Weg durch Kaffeepulver und Filtertüte gebahnt hatten, platzierte er vier Tassen auf einem Tablett, füllte sie halb voll mit der Brühe und stellte noch eine Schüssel mit Keksen dazu, die er am Küchentisch fand. Nach kurzem Zögern öffnete er einen Schrank, entnahm ihm eine Flasche Rum und goss einen kräftigen Schuss der goldbraunen Flüssigkeit in zwei der Tassen, bevor er alles ins Wohnzimmer trug.

Wenn Lisas Eltern etwas von seinem Manöver bemerkten, so verschwiegen sie es. Beide umklammerten ihre Tassen so fest, dass die Sehnen auf ihren Handrücken überdeutlich hervortraten. Sepp Semper räusperte sich. »Ich muss euch leider noch weitere Fragen stellen. Auch unangenehme. Denkt bitte daran, dass es nur darum geht, Licht in die Hintergründe von Lisas Ableben zu bringen. Jedes Detail kann wichtig sein.«

Sie nickten stumm und sahen ihn mit großen Augen an, die um Erklärung flehten. In diesem Moment schwor er sich, nicht zu ruhen, bis die Umstände von Lisas Tod restlos aufgeklärt waren.

Wie befürchtet, förderte die Befragung der Eltern aber wenig Verwertbares ans Tageslicht. Anhand von Postkarten, die Lisas Mutter in einer Schuhschachtel anschleppte, bekamen die Ermittler ein grobes Bild von den Auslandsaufenthalten der Verstorbenen in Indien, Bali und Australien. Ansonsten ließ sich aus den knappen Grußworten und Beteuerungen, dass es ihr gut gehe, wenig ableiten.

Hallo Mama, hallo Papa,
ich hoffe, es geht euch gut. Bei mir ist alles bestens. Bali ist herrlich. Ich genieße Sonne und Meer und arbeite als Masseurin und Yogalehrerin. Macht euch also keine Sorgen.
Kuss
Eure Lisa

Sepp Semper legte die Ansichtskarte, deren Vorderseite ein in einem See liegender Tempel zierte, zurück zu den restlichen Lebenszeichen seiner einstigen Freundin.

»Wann habt ihr Lisa eigentlich das letzte Mal gesehen?«

»Das muss am Dienstag vor drei Wochen gewesen sein. Seit sie wieder in Graz lebte, ist sie ungefähr einmal im Monat, meistens dienstags, zum Mittagessen vorbeigekommen. Ich habe dann immer Erdäpfelstrudel und Vogerlsalat mit Käferbohnen für sie gekocht. Das war doch ihr Lieblingsgericht«, erklärte die Mutter und tupfte sich mit einem Stofftaschentuch die Augen.

»Habt ihr irgendeine Veränderung an ihr bemerkt?«, hakte der Kommissar ein.

»Etwas schmal im Gesicht sah sie aus«, war alles, was die Mutter beizusteuern hatte.

Sie hatten über die Dinge gesprochen, über die sie immer sprachen: den Gesundheitszustand der Eltern, die jüngsten Ereignisse in der Verwandtschaft, die Frage, wann Lisa ihnen endlich einen zukünftigen Schwiegersohn vorstellen würde, und über Lisas Alibi-Job als Event Hostess.

»Sie muss das alles einfach erfunden haben«, sinnierte der Vater, und da wussten die beiden Ermittler, dass der Zeitpunkt gekommen war, die Befragung zu beenden.

»Hat Lisa eigentlich noch ein Zimmer hier?«, wollte Semper wissen.

»Ja, aber sie hat es schon seit Jahren nicht mehr benutzt. Möchtet ihr es sehen?« Die Mutter erschien froh darüber, einen Grund zum Aufstehen zu haben, und eilte den beiden Ermittlern geflissentlich voran.

Die alten Stones-Platten waren noch genauso vorhanden wie die Weltkarte an der Wand, auf der Lisa mit bunten Pins alle Orte markiert hatte, an denen sie schon gewesen war. Über dem Bett hing der Traumfänger, den er ihr in Cornwall geschenkt hatte. Auch das Notizbuch, in das sie sämtliche Kino- und Konzertkarten, Zugtickets, Flaschenetiketten, getrocknete Blüten und sonstige Erinnerungsschnipsel eingeklebt und mit kurzen Kommentaren versehen hatte, war noch da. Darin fand er auch ein Foto von Lisa und sich beim Grillen in der elterlichen Hütte am Samitzteich. »Beste Freunde« hatte Lisa in ihrer schlampigen Handschrift danebengekritzelt. Die Eisenkralle, die sich um sein Herz legte, kam unvermittelt und trieb ihm Tränen in die Augen. Panisch versuchte er, sie wegzublinzeln, während Kollege Leitner taktvoll vorgab, den Inhalt einer Schublade zu studieren.

»Erkennst du jetzt das fehlende Teil?« Christas Stimme in seinem Kopf klang bereits etwas ungeduldig. Aber es half nichts, sosehr er sich auch anstrengte, die Lösung des Rätsels blieb Sepp Semper verschlossen.

Nachdem er sich mit einer Umarmung von Lisas Eltern verabschiedet hatte, zogen die beiden Ermittler von dannen. Über ihren Köpfen hing eine Tiefdruckwolke der Ernüchterung; sie hatten nichts erfahren, das sie bei ihren Nachforschungen weiterbringen würde.

Die Zeitmaschine klemmt

Die Fünfzehn-Uhr-Besprechung entpuppte sich als wenig gehaltvoller Kurzfilm mit vorhersehbarem Ende. Sämtliche Mitglieder der Ermittlungsgruppe schrieben die Ergebnisse ihrer Recherchen auf rechteckige Moderationskärtchen und hefteten diese auf die übergroße Pinnwand. Wie Sepp Semper befürchtet hatte, war auf einem »Keiner der Hausbewohner hat etwas mitbekommen« zu lesen. Klassisches Ermittlerschicksal. Die Spurensicherung hatte neben den Fingerabdrücken der beiden Bewohnerinnen noch sechs weitere, relativ frische Abdrücke in der Wohnung sicherstellen können. Diese wurden gerade zum Abgleich mit bekannten Straftätern durch die Datenbanken gejagt. Die Ergebnisse ließen noch auf sich warten, ebenso wie der Abschlussbericht der Gerichtsmedizinerin. Mit bedauerndem Seitenblick auf Semper erläuterte der Chef der SpuSi die letzten beiden Kärtchen, die er mit einer heftigen Handbewegung, so als wollte er die Pinnwand erdolchen, zu den anderen heftete.

»Mein Team konnte keinerlei Hinweise auf ein gewaltsames Eindringen oder einen Kampf finden. Die Verwendung der eigenen Wäscheleine spricht ebenfalls für die Selbstmordtheorie. Mehr gibt es von unserer Seite im Augenblick nicht zu vermelden.«

Zurück im Büro entlockte der Chefinspektor der Tischplatte unruhige Klopftöne, während er die Fotos vom Tatort und die Liste der Gegenstände in Lisas Zimmer durchblätterte.

»Ich verzieh mich in die Kantine, du gehst mir mit deinem Getrommel auf die Nerven.«

»Etwas fehlt hier, Christoph.«

Christoph Leitner positionierte sich mit einem Seufzer hinter seinem Vorgesetzten. Gemeinsam betrachteten sie die ausgebreiteten Unterlagen.

»Welchen Eindruck hast du bis jetzt von der Toten bekommen?«

»Schwer zu sagen, Sepp. Emotional, möglicherweise etwas instabil.«

»Lisa, die ewig Suchende.«

»Was hat sie dir eigentlich geschrieben?«

Es fiel dem Chefinspektor nicht schwer, den Inhalt der Weihnachtskarte ziemlich wortgetreu aus dem Gedächtnis wiederzugeben.

»Kein klassischer Abschiedsbrief, aber es könnte einer sein. Vielleicht war das ihre Art, dir Auf Wiedersehen zu sagen. Ihr scheint euch ja ziemlich nahegestanden zu sein. Auf jeden Fall hat sie Erinnerungen an dich gesammelt.«

»Ja, wir waren wirklich eng befreundet. Nachdem ich mit Christa zusammenkam, ist Lisa dann plötzlich verschwunden. Anfangs flatterten noch einige Karten rein, dann riss der Kontakt völlig ab.«

»Jedenfalls scheint ihr Leben nicht so verlaufen zu sein, wie sie sich das erträumt hat. Sepp, sämtliche Indizien deuten auf Selbstmord hin. Ich verstehe ja, dass bei dir momentan allerlei emotionale Erinnerungen hochkommen, aber …«

»›Erinnerungen‹, verdammt, Christoph, das ist das fehlende Puzzleteil! Lisa hat immer ein Tagebuch geführt. Wir haben aber keines gefunden!«

»Vielleicht ist der Prostituiertenalltag ja nichts, das sie unbedingt festhalten wollte.«

Aber das Gehirn des Chefinspektors war bereits anderweitig beschäftigt und ignorierte die über den Hörnerv ankommenden Impulse. Aufgeregt wählte er die Nummer von Lisas Eltern. Als diese ihm bestätigten, dass ihre Tochter nach wie vor einen Schlüssel zur Hütte am Samitzteich besessen hatte, gab es für Sepp Semper kein Halten mehr.

»Komm, wir machen einen Ausflug nach Feldkirchen.«

Einspruch war zwecklos, also saßen die beiden fünf Minuten später erneut nebeneinander im Wagen.

»Was hoffst du zu finden?«, wagte Christoph sich behutsam vor.

»Ihr Tagebuch. Irgendwo muss es ja sein. Oder der Mörder hat es mitgenommen.«

»Oder es gibt keines.«

Statt einer Antwort starrte Sepp Semper nur konzentriert durch das Seitenfenster.

Dieser Fall war wie eine Zeitmaschine, die ihn immer wieder in seine eigene Vergangenheit katapultierte und deren Steuerungshebel sich in der Periode 2000 bis 2006 verklemmt hatte.

Auch das einfache Holzhäuschen sah noch genau so aus, wie der Chefinspektor es in Erinnerung hatte. Eine winzige Kochnische mit einem alten Gasherd, ein Tisch mit gepolsterter Sitzecke sowie, abgeteilt durch einen blickdichten Leinenvorhang, zwei Campingbetten und ein schmaler Kunststoffkasten. Dusche und WC befanden sich in einem kleinen Anbau. Durch eine weitere Tür, vor der ein Vorhang aus bunten Schnüren angebracht war, gelangte man auf die Terrasse, die etwas über den Teich ragte. Fünf Holzstufen führten direkt ins trübe Gewässer, auf dessen Grund Schlingpflanzen wucherten. Auch der angerostete Griller in der Ecke war ein alter Bekannter.

Sepp Semper erinnerte sich an die unzähligen trägen Sommertage, die er und Lisa hier verbracht hatten. Sie hatten sich im erfrischenden Nass abgekühlt, Federball gespielt, gequatscht oder einfach still nebeneinander gelesen, wobei Lisa immer den bequemen Rattan-Schaukelstuhl okkupiert hatte. Abends hatte er dann den Griller angeworfen, während seine Freundin einen Kartoffelsalat zubereitete. Kotelett für ihn, Berner Würstel für Lisa.

Zum zweiten Mal an diesem Tag ließ die Erinnerung an diese unbeschwerte Jugendzeit seinen Blick verschwimmen. Während Christoph schweigend auf der obersten Stufe saß und stur aufs Wasser blickte, machte Semper sich daran, sämtliche Kästchen, den Schrank sowie den Stauraum unter der hochklappbaren Sitzfläche der Essecke zu durchsuchen. Nichts. Auch beim blau gestrichenen Gartenschrank auf der Terrasse hatte er keinen Erfolg. Wortlos setzte er sich neben seinen Kollegen.

»Bist du fertig?«, fragte Christoph nur, und als sein Chef nickte, erhob er sich mit einem Ruck und schritt zügig voran zum Auto.

»Zurück ins Büro?«

»Siebzehn Uhr zehn, das zahlt sich nicht mehr aus«, entschied Semper nach einem Blick auf seine Armbanduhr.

»Das heißt, ich soll dich zu Hause abliefern.«

Das Ermittlerduo hatte genügend Bürostunden, Nachtschichten und Zeit in Autos miteinander verbracht, um auch die feinsten Dissonanzen in ihrem Umgangston wahrzunehmen.

»Dir geht doch was gegen den Strich, Christoph. Komm schon, spuck es aus.«

»Kann es sein, dass persönliche Betroffenheit deinen sonst so klaren Blick trübt?«

»Etwas genauer, bitte?«

»Du zitierst Sonja an den Tatort, suchst krampfhaft nach Hinweisen für einen Mord und veranstaltest ein Trara …«

»Ein Trara? Weil ich sauber ermittle?«

»Weil du sämtliche Indizien, die für einen Selbstmord sprechen, stur ignorierst.«

»Ich kenne sie, Christoph. Lisa hätte sich nicht umgebracht. Ihre Weihnachtskarte war nicht als Abschied gedacht.«

»Hast du die Möglichkeit in Betracht gezogen, dass die Lisa von heute nicht mehr die von vor fünfzehn Jahren war? Verdammt noch mal, Sepp, sie war eine Prostituierte.«

»Du hast keine Ahnung«, war alles, was der Chefinspektor erwiderte. Damit war die Diskussion beendet.

Christoph Leitners Frust entlud sich an der Tankstelle, an der sie sich mit Sprit und Kaffee versorgten.

»Eine Wurstsemmel dazu?«, fragte die offenbar auf Zusatzverkauf getrimmte Bedienung beflissen, verstummte aber, als der Abteilungsinspektor sie anschnauzte: »Schau ich etwa aus wie der Kommissar Rex?«

Dem fernsehabstinenten Chefinspektor blieb der Sinn dieses Ausbruchs verschlossen. Er ging voraus zum Auto und führte ein Telefonat mit Roswitha. Aber auch aus dem Büro gab es keine Neuigkeiten zu vermelden. Sonjas Bericht war noch immer ausständig. Mittlerweile war es bereits kurz vor sechs.

»Kannst du mich bitte beim Spar bei mir an der Ecke absetzen? Dann kann ich fürs Abendessen einkaufen.«

Christoph nickte nur. Er schämte sich für sein Verhalten gegenüber der Frau an der Tankstelle, das eigentlich auf seinen Vorgesetzten gerichtet gewesen war. Dass dieser seine Einwände offenbar komplett außer Acht ließ, stieß ihm nach wie vor sauer auf. Dementsprechend knapp fiel die Verabschiedung aus.

In der Obstabteilung ärgerte sich Sepp Semper über die Äpfel aus Chile und Neuseeland. »So ein Schwachsinn«, schimpfte er vor sich hin. Erst kürzlich hatte er irgendwo gelesen, dass von der steirischen Ernte jeder zweite Apfel in den Export ging.

Er entschied sich für einen Vogerlsalat, Bandnudeln, Shrimps und Schlagsahne. Im Kühlschrank hatte er noch Zwiebeln, Weißwein und die Hälfte einer schwarzen Trüffel, die er an einem seiner freien Wochenenden am Spezialitätenmarkt im Paradeishof, dem Renaissance-Innenhof des Traditionskaufhauses Kastner und Öhler, erstanden hatte. Wie immer drückte er beim Verlassen des Lebensmittelgeschäftes Innocent, dem Nigerianer, der vor dem Eingang ein Sozialmagazin verkaufte, zwei Euro in die Hand. Der Mann tat ihm leid. Vor einem Jahr hatte er freudestrahlend erzählt, dass er endlich den Aufenthaltstitel bekommen hatte, und sich optimistisch auf Jobsuche begeben. Nun stand er sich immer noch vor dem Supermarkt die Füße in den Bauch. Trotz Dauer-Lamento über den Fachkräftemangel fand sich offenbar niemand, der einen gelernten Schmied gebrauchen konnte.

Daheim angekommen führte Sempers erster Weg unter die Dusche. Es ging nichts über einen dampfenden Wasserfall, der auf Schädel, Nacken und Schultern prasselte, um wieder einen klaren Kopf zu bekommen und den Tagesfrust wegzuspülen. Tiefengereinigt machte er sich an die Zubereitung seines Abendmahls, während aus dem Küchenradio die Stimmen des steirischen Pop-Rock-Trios STS ertönten, die über Sentimentalität, den manchmal gnadenlosen Lauf des Schicksals und eine »Überdosis G'fühl« sangen. Er konnte nicht sagen, ob der Hochwasserpegel in seinen Augen den beim Zwiebelschneiden freigesetzten Propanthial-S-oxid-Dämpfen zu verdanken war oder andere Ursachen hatte. Vorsichtshalber beschloss er, vom Radio auf den CD-Player im Wohnzimmer zu wechseln. Das neue Album von AC/DC, das genauso klang wie seine vierundzwanzig

Vorgänger. Songs, die sich mit der Kombination von drei Akkorden begnügten. Gerade diese Vertrautheit tat ihm jetzt gut, und Hardrock war seiner Stimmung definitiv zuträglicher als gefühlsschwangerer Steirerpop, vor allem, wenn er ihn passagenweise durch wilde Tanzbewegungen begleitete.

Nachdem er seine Nudeln verspeist und die Küche aufgeräumt hatte, fühlte er jene gereizte Nervosität in sich aufsteigen, die ihn regelmäßig überkam, wenn eine durch äußere Umstände aufgezwungene Untätigkeit mit seinem ureigenen Tatendrang kollidierte. In diesem Moment gab es nichts, das er tun konnte, um zu beweisen, dass Lisa nicht Selbstmord begangen hatte. Um sich abzulenken, beschloss er, mit der Lektüre eines seiner ungelesenen Bücher zu beginnen. Seine Wahl fiel auf »Der Meister und Margarita«, den Roman, der Mick Jagger zum Text von »Sympathy For The Devil« inspiriert hatte.

Es sprach für das Werk, dass es ihm gelang, Sepp Semper trotz dessen innerer Unruhe in seinen Bann zu ziehen. Fasziniert tauchte er in die Geschichte über Gut und Böse, den Teufel in Moskau und einen im Irrenhaus lebenden Schriftsteller ein, in der es keine größere Sünde als die menschliche Feigheit gab. Als Margarita, die ehemalige Geliebte des Künstlers, die Handlung betrat, fielen ihm langsam die Augen zu.

»Hat Christoph recht, verrenne ich mich? Lisa, wo hast du nur dein Tagebuch versteckt?«

Diese Fragen murmelte Sepp Semper vor dem Einschlafen in die einsame Stille der Dezembernacht. Antwort erhielt er keine.

Als er sich am nächsten Morgen aufs Rad schwang, stellte er fest, dass der Frost über Nacht Einzug gehalten hatte. Trotzdem begegnete er am Radweg entlang der Mur zahlreichen

Gleichgesinnten. Graz war eine bewegungsfreudige Stadt. Der Chefinspektor vertrat die Theorie, dass dies in einem ursächlichen Zusammenhang mit dem relativ dynamischen Fließen des Flusses stand. Die Wiener hingegen waren überwiegend breit und träge, wie die Donau. Zumindest sah das der Chefinspektor so, ohne wirklich stichhaltige Beweise für seine These vorlegen zu können.

Mit der Überquerung des Murstegs wechselte er vom linken, traditionell vom Bürgertum sowie von Studenten und Akademikern geprägten Flussufer in die klassischen Arbeiterbezirke mit hohem Ausländeranteil. Auch wenn diese Aufteilung zunehmend verschwamm, unterschieden sich die beiden Stadthälften auch heute noch in Mietpreisen, Arbeitslosenzahlen und politischer Einstellung. Die Grazer hatten sich den Ruf der unberechenbaren Wechselwähler erarbeitet, der allerdings die KPÖ wenig zu beeindrucken schien. Seit 1945 war den Kommunisten ununterbrochen der Einzug ins Gemeindeamt gelungen, seit den achtziger Jahren kam die Partei kurioserweise auch in gutbürgerlichen Villenvierteln auf rund zwanzig Prozent der Wählerstimmen, und seit Kurzem hatte Graz sogar eine kommunistische Bürgermeisterin. Bürgertum, das in freien Wahlen für die kommunistische Partei stimmte – ob Solidarität, schlechtes Gewissen gegenüber Ärmeren oder die schicke Extravaganz einer Rebellion gegen Standesdünkel der Grund für diese Eigentümlichkeit waren, war schwer zu sagen.

Je weiter sich Sepp Semper vom Fluss entfernte, desto stärker wich das Ding-Dong von Fahrradklingeln einem brummenden Verkehrslärm. Gebäude mit eleganten Fassaden wurden zunehmend von leer stehender Bausubstanz und Graffitis abgelöst. Schenkte man einer Umfrage Glauben, schlug sich die Mur-Teilung der Stadt auch in der Lebenszufriedenheit der Bewohner nieder – Klischees über die »gute« und »schlechte« Seite der Mur, die sich allzu oft als selbsterfüllende Prophezeiung manifestierten.

Für die siebeneinhalb Kilometer bis zum LKA, größtenteils Radweg, benötigte er genau zweiundzwanzig Minuten. Bevor der Chefinspektor das Büro betrat, legte er einen Zwischenstopp in der Kantine ein. Er hatte sich vorgenommen, für seinen Kollegen einen starken Kaffee und eines der leckeren Linzer Kipferln zu besorgen, die täglich frisch von einer Grazer Bäckerei angeliefert wurden. Das war seine Art, den gestrigen Streit zu begraben und auszudrücken, dass er Christophs Meinung schätzte.

Es zeigte sich, dass sein Abteilungsinspektor genau die gleiche Idee gehabt hatte, und die beiden Männer brachen in schallendes Gelächter aus, bevor jeder genüsslich in sein Mürbteig-Gebäck biss. Sie hatten noch Krümel in den Mundwinkeln, als Lenka Kovac für ihre Zeugenaussage in der Tür erschien.

Ohne zerronnene Schminke und mit ihren zu einem Pferdeschwanz gebundenen Haaren wirkte die Slowakin wie eine junge Studentin. Sie wiederholte ihre gestrigen Angaben und erstellte eine Liste von Besuchern in der Wohnung, um einen Abgleich mit den sichergestellten Fingerabdrücken zu ermöglichen.

»Hatte Frau Schreiner eine Beziehung, einen Freund?«

Nachdem die Eltern wenig zur Erhellung des Privatlebens der Toten beigetragen hatten, setzte Christoph Leitner nun auf die Mitbewohnerin, um ein klareres Bild zu bekommen.

»Nein, da gab es niemanden.«

»Wie können Sie da so sicher sein? Könnte Frau Schreiner vielleicht erst kürzlich jemanden kennengelernt haben?«

Lenka Kovac lachte kurz auf, wurde dann aber sofort wieder ernst.

»Lisa hat mal gesagt, dass sie nach der Arbeit nicht auch

noch einen Mann braucht, der Sex von ihr will. Und wenn sie wirklich jemanden kennengelernt hätte, hätte sie mir das sofort erzählt.«

»Hat Lisa eigentlich Tagebuch geführt?«, schaltete sich Sepp Semper ein.

Die Slowakin überlegte einen Augenblick, bevor sie antwortete: »Gesehen habe ich das Tagebuch nie, aber ich glaube, ja.«

»Und warum glauben Sie das?«, hakte Christoph nach.

»Es passt einfach zu ihr. Lisa hat gerne Erinnerungen gesammelt und immer, wie sagt man, Hineinschau betrieben.«

»Innenschau«, verbesserte der Abteilungsinspektor.

»Genau, sie hat gesagt, das sei wichtig für die seelische Gesundheit.«

»Frau Kovac, überlegen Sie bitte genau, bevor Sie antworten«, leitete Christoph die nächste Frage ein, »wie war es um den seelischen Zustand von Lisa Schreiner bestellt? Wir müssen derzeit von einem Selbstmord ausgehen. Gab es irgendwelche Anzeichen dafür?«

Die Zeugin schüttelte den Kopf so heftig, dass sich eine Haarsträhne aus ihrem Pferdeschwanz löste und über ihr rechtes Auge fiel. Mit einer energischen Handbewegung strich sie diesen Störfaktor aus dem Gesicht.

»Meine Freundin war nicht lebensmüde, das hätte ich bemerkt.« Die Feststellung klang entschlossen, beinahe wütend.

»Wissen Sie, ob Lisa noch hin und wieder zur Hütte am Samitzteich fuhr?«

Sepp Semper konnte selbst nicht genau sagen, was ihn zu dieser Frage bewogen hatte, aber der Gedanke an den einstigen Lieblingsplatz seiner Freundin ließ ihn nicht los.

»Aber ja, sie hat mich ein paarmal mitgenommen. Es war schön dort.«

Bei den letzten Worten versagte Lenka Kovac beinahe die Stimme.

Die beiden Ermittler bedankten sich für ihr Kommen und begleiteten die junge Frau nach der Protokollunterzeichnung zum Ausgang.

»Ihre Aussage zum Tagebuch ist eindeutig zu vage, um daraus irgendwelche Schlüsse zu ziehen.« Christoph Leitner konnte sich den Kommentar nicht verkneifen. Er war mittlerweile felsenfest davon überzeugt, dass sie es mit einem Selbstmord zu tun hatten, und hoffte, dass auch sein Vorgesetzter sich das endlich eingestehen würde. Als Sepp Semper dazu jedoch nur mit den Schultern zuckte, fühlte er sich angestachelt, noch hinzuzufügen: »Außerdem haben unsere Recherchen absolut nichts zutage gefördert, das auf ein Mordmotiv hindeutet.«

»Aber auch keinen Grund für einen Selbstmord«, konterte der Chefinspektor knapp.

In diesem Moment betrat Sonja Adelmann das Ermittlerbüro.

»Mein Abschlussbericht«, begann sie und heftete ihren Blick auf Semper. »Da ich annehme, dass dir das Ergebnis nicht gefallen wird, habe ich mir gedacht, ich bringe ihn persönlich vorbei. Sepp, es gibt keine Anzeichen von Gewalteinwirkung. Ich habe Speichel- und Tränenfluss festgestellt, verursacht durch eine Reizung des sympathischen Nervensystems. Dies ist ein klares Indiz dafür, dass sich hier eine Lebende erhängt hat. In meinem Bericht steht somit, dass von einem Selbstmord auszugehen ist. Ich habe bereits den Staatsanwalt informiert, die Ermittlungen sind eingestellt. Tut mir leid.«

Jeder im Raum hielt den Atem an. Nach ungefähr zwanzig Sekunden erhob sich der Chefinspektor, schnappte sich seine wasserfeste neongrüne Goretex-Jacke sowie seinen Fahrradhelm und bellte in die Runde: »Dann gibt es ja nichts Dringendes zu tun. Ich nehme mir den Rest des Tages frei.«

Den ratlosen Blicken der Kollegen folgte ein kollektives Achselzucken, bevor jeder wieder seiner Arbeit nachging. Nur Sonja Adelmann und Christoph Leitner tauschten einen bedeutungsvollen Blick. Sie kannten Sepp Semper am längsten und ahnten, dass er die Sache nicht so einfach auf sich beruhen lassen würde.

Nette Gesellschaft

Sonja Adelmann arbeitete sich systematisch durch die Inhaltsverzeichnisse ihres Heftstapels von »Journal of Forensic and Legal Medicine«. Nach Sepp Sempers stürmischem Abgang, der ihr keine Ruhe ließ, war sie auf schnellstem Weg auf die Gerichtsmedizin zurückgekehrt. Zugegeben, Sepp hatte eine, wie sie es nannte, Stachelschweinpersönlichkeit – im Inneren eigentlich ein possierliches, verletzliches Tierchen, das gerade deswegen seine Stacheln ausfuhr, sobald man ihm zu nahe trat. Aber er war unleugbar mit einem exzellenten Ermittlerinstinkt ausgestattet. Seine hartnäckigen Zweifel am Selbstmord von Lisa Schreiner hatten in den Tiefen ihres Bewusstseins eine Resonanz erzeugt. Mittlerweile hatte sich diese zu einem vagen Vorbehalt verdichtet, der ihre innere Ruhe mit feinen Nadelstichen piesackte.

Die Gerichtsmedizinerin war eine Hundertprozentige, auch darin glich sie dem Chefinspektor. Schon die geringste Skepsis machte sie kribbelig, und so kämpfte sie sich beharrlich bis ins Jahr 2015 zurück, bis sie endlich fündig wurde. Ihr rechter Zeigefinger glitt zügig die Textzeilen entlang, während sie den Artikel auf Seite siebzehn überflog und gewisse Inhalte mit Stellen in ihrem Obduktionsbericht verglich.

»Unwahrscheinlich, aber theoretisch möglich«, murmelte sie und schnappte sich dann kurz entschlossen ihre cremefarbene Steppjacke und ihr mit bunten Paradiesvögeln bedrucktes Schaltuch.

»Ich muss weg, bin die nächsten zwei Stunden am Handy

erreichbar«, rief sie ihrem Assistenten zu und machte sich schnellen Schrittes durch den Stadtpark auf den Weg Richtung Innenstadt. Sie kannte Sepp Semper nun seit sechs Jahren und meinte zu wissen, wo sie ihn antreffen würde.

Da es erst drei viertel elf war, fand der Chefinspektor problemlos einen freien Tisch in der »Herzl Weinstube«. Er mochte den Raum mit der rustikalen Holzeinrichtung und den grün-weiß karierten Vorhängen. Die Traditionsgaststube in dem Innenstadthaus aus dem 17. Jahrhundert punktete mit uriger Gemütlichkeit, schmackhafter steirischer Hausmannskost und der richtigen Mischung zwischen Touristen und Einheimischen. Momentan interessierte Sepp Semper vor allem die Weinauswahl. Seine Entscheidung fiel auf einen herzhaften Sauvignon aus der Südsteiermark, und obwohl er keinen Appetit verspürte, bestellte er zwecks Unterlage auch das deftige Hausbrot mit Verhackert.

Er war gerade bei seinem zweiten Achterl angelangt, als Sonja Adelmann sich zu ihm gesellte.

»Dachte ich mir doch, dass ich dich hier finde.«

»Du kennst mich eben zu gut.«

Die Gerichtsmedizinerin warf ihre Winterjacke und ihr Schaltuch auf die Holzbank und nahm ihm gegenüber auf einem Stuhl Platz. Mit einer Handbewegung bedeutete sie dem Kellner, ihr das Gleiche wie dem Chefinspektor zu kredenzen.

»Du? Verhackertbrot und Wein?« Nach einem Blick auf seine Armbanduhr fügte er hinzu: »Dabei hat es noch nicht einmal zwölf geschlagen …«

»Empathie, mein Lieber. Ich versuche, mich mit deiner Stimmung zu synchronisieren. So redet es sich leichter, auch von Freund zu Freund.«

Diese simple Geste rührte Sepp Semper. Mit leicht belegter Stimme dankte er Sonja. Wurde er mit den Jahren etwa gefühlsduselig?

Auch in diesem Moment tat Sonja das Richtige und lenkte das Gespräch auf die Fakten. Emotionale Intelligenz in Vollendung, attestierte der Chefinspektor in unausgesprochener Bewunderung, während er seine Aufmerksamkeit vom Bouquet des Weines zur Schilderung der Gerichtsmedizinerin verlagerte.

»Hör zu, Sepp. Ich nehme deine Zweifel am Selbstmord ernst, schließlich standest du der Toten nahe.« Sonja legte eine Kunstpause ein und fixierte ihn mit ihrem durchdringenden Blick. »Meine Untersuchungen haben nicht genug hergegeben, um die Suizid-Theorie offiziell in Frage zu stellen. Unter uns möchte ich dich allerdings auf eine Art des Tötens hinweisen, bei der Spuren der äußeren Gewaltanwendung kaum nachzuweisen sind. Hast du schon jemals von ›Burking‹ gehört?«

Als ihr Gegenüber nur erwartungsvoll den Kopf schüttelte, fuhr sie mit ihren Ausführungen fort.

»Es handelt sich dabei um Töten durch Ersticken. Der Begriff geht auf William Burke, einen Edinburgher Serienmörder Anfang des 19. Jahrhunderts, zurück. Er pflegte seinen Opfern Augen, Mund und Nase zuzuhalten, während er rittlings auf deren Brustkorb saß. Der Tod tritt bei dieser Methode durch Atemstillstand ein. Das Interessante dabei: Die Anzeichen für einen gewaltsamen Tod sind, nun ja, sagen wir mal uneindeutig.«

Sepp Semper hatte sich kerzengerade aufgerichtet.

»Könnte Lisa durch Burking zu Tode gekommen sein? Du hast doch gesagt, dass eindeutig eine Lebende erhängt wurde.«

»Möglich wäre es. Zuerst tritt Bewusstlosigkeit ein. Der Täter könnte der Bewusstlosen den Strick um den Hals gelegt und sie erhängt haben. Die bei meiner Untersuchung gefundenen Spuren könnten theoretisch auch diese These stützen. Außerdem fand ich einige blaue Flecken im Brustbereich, aber du weißt ja, wie das bei Prostituierten ist … Als Indiz für einen Mord ist das zu wenig. Die Schwierigkeit ist, dass das Opfer bei dieser Methode ziemlich wehrlos sein muss. Wenn man allerdings bedenkt, dass sie von zarter Statur war und zwei Komma drei Promille im Blut hatte … Für einen kräftigen Mann …«

»Aber warum hat sie den Täter mitten in der Nacht in die Wohnung gelassen? Und hat er sie gezwungen, den Whiskey zu trinken?«

»Das herauszufinden, mein lieber Sepp, ist deine Aufgabe. Und wie ich dich kenne, wirst du genau das tun, auch wenn die Ermittlungen offiziell eingestellt wurden.«

»Ich werde mir eine Woche Urlaub nehmen und meine eigenen Nachforschungen anstellen. Das bin ich Lisa und ihren Eltern einfach schuldig. Wenn ich in dieser Zeit keine weiteren Hinweise finde, gebe ich auf und akzeptiere die Suizid-Theorie. Danke, Sonja.«

»So, und jetzt erzähl mir von Lisa. Vertrau mir, das Reden wird dir guttun.«

Bei der Verabschiedung eine Stunde später drückte der Chefinspektor seiner Kollegin einen flüchtigen Kuss auf die Wange. Zu solchen Gesten ließ er sich normalerweise nicht hinreißen, aber irgendwie erschien es ihm angebracht. Als er auf seinem Fahrrad heimwärts strampelte, war er von Sonjas Informationen zu aufgewühlt, um den spitzzahnigen Biss der Dezemberkälte zu spüren. Am Schwimmschulkai drosselte er die Geschwindigkeit, um nicht mit einem der zahlreichen Spaziergänger, Läufer, Hunde oder anderen Radfahrer zu kollidieren, die entlang der Mur unterwegs waren. Deshalb nahm er auch den charakteristischen Geruch wahr, der ihm aus der winterlich entlaubten Uferböschung in die

Nase stieg. Eau de süßliches Stinktier. Hervorgebracht von den Terpenen, mit denen sich Cannabispflanzen vor lästigen Parasiten schützen. Er legte eine Vollbremsung hin und handelte sich eine Schimpftirade von einem anderen Radler ein, der beinahe auf ihn aufgefahren wäre.

Der nächtliche Traum. Plötzlich war alles wieder da. Lisa, deren Gesicht zwischen dem Prallen ihrer Jugend und dem Gealterten mit den eingravierten Lebensspuren wechselte. Sie saß auf der Seehüttenterrasse und blies ihm den Rauch ihres Joints ins Gesicht, den er mit gespielter Empörung wegwachelte. Das Geheimversteck. Wie hatte er das nur vergessen können?

Zu Hause angekommen, rief er sofort Lisas Mutter an und bat sie, sich am kommenden Tag nochmals den Schlüssel zur Samitzteich-Hütte ausborgen zu dürfen. Da ihm die Strecke mit dem Fahrrad in Anbetracht der Winterkälte doch zu weit war, organisierte er sich auf »Getaround«, einer Plattform, auf der Privatpersonen ihre Autos vermieteten, einen fahrbaren Untersatz. Er hatte Glück, der Fiat Punto, auf den er bei solchen Gelegenheiten gerne zurückgriff, weil sein Besitzer verlässlich war und nur zwei Straßen weiter wohnte, war frei. Dann schrieb er noch eine E-Mail an seinen Kollegen und die Personalabteilung, in der er mitteilte, dass er sich eine Woche Urlaub nehme.

Christophs Reaktion kam prompt: »Wage ja nicht, dich vor dem LKA-Weihnachtspunsch kommenden Freitag zu drücken!«

Diese lästige Tradition hätte er liebend gerne verdrängt, aber er wusste, dass seine Kollegen Wert darauf legten. Aus ihm unerfindlichen Gründen fanden sie Gefallen daran, in der Kälte herumzustehen und das Gesöff aus Zucker und billigem Rum zu trinken. Also würde er auch heuer wieder eine Runde spendieren, das war er ihnen schuldig.

Schuld

Als er am nächsten Tag Lisas in rotes Leder gebundenes Tagebuch aufschlug, fühlte er eine Mischung aus Neugierde und Scham. Als würde er verstohlen durch ein Schlüsselloch spähen. Aber dieses ungefragte Eindringen in die Privatsphäre seiner Jugendfreundin war unumgänglich, wenn er die Hintergründe ihres Ablebens verstehen wollte. Wie erwartet hatte er das Büchlein gemeinsam mit bereits etwas verstaubten Cannabisblüten in dem Hohlraum unter der losen Terrassenplanke gefunden. Die letzte Eintragung lag beinahe zwei Jahre zurück, fiel also ungefähr in die Zeit, als Lisa begonnen hatte, als Prostituierte im Club Anonym zu arbeiten.

»Es tut mir leid, Lisa, wenn ich dir zu nahe trete, aber ich muss herausfinden, was passiert ist«, murmelte er Richtung Wolken. Dann holte er sich eine Wolldecke aus der Hütte und machte es sich auf der Terrasse bequem. Dies schien ihm der richtige Ort zu sein, um in die Gedankenwelt seiner toten Gefährtin einzudringen.

Seite für Seite rekonstruierte der Chefinspektor die Lebenspfade, auf denen Lisa nach dem Zerbröseln ihres Freundschaftsbandes gewandelt war. Die intimen Aufzeichnungen ließen drei grobe Phasen erkennen. Sepp Semper taufte sie die »euphorische Sinnsuche«, die »desillusionierte Sinnkrise« und die »geläuterte Akzeptanz«.

Einträge aus der ersten Periode lasen sich typischerweise wie folgt:

Goa pulsiert vor Spiritualität. Palmen, Meeresrauschen, Müsli und Mango-Shakes zum Frühstück. Die Goa-Psy-Trance-Szene ist meine neue Seelenfamilie geworden. Beim Trommeln gehe ich über meine Gedanken, meinen Verstand, mein Ich hinaus, werde eins mit dem Kosmos. Jede meiner Zellen vibriert im universellen Rhythmus. Connectedness pur. Spiritual Healing. Eruptionen aus den Tiefen meiner Seele bringen Ekstase, alte Blockaden lösen sich, und ich spüre, dass sich alles, was ich für ein glückliches, erfülltes Leben brauche, in mir findet.

Dieses Muster wiederholte sich in Bali, Australien und letztlich in ihrer Heimat. Nur die Trommeln wandelten sich zu Yoga, Palmblattlesungen, energetischen Massagen, Totems, Buschblütentherapie und schließlich zu mit Lichtquanten angereicherten Mikronährstoff-Präparaten. Seine alte Freundin hatte ein gefährliches Suchtverhalten entwickelt, gespeist von einem narzisstischen Hunger nach Verstandenwerden, Glück und einem tieferen Sinn sowie dem Wunsch, über eine außergewöhnliche Gabe zu verfügen, auserwählt zu sein. Lisa war immer anfällig in diese Richtung gewesen, aber dieses permanente egozentrische Kreisen um sich selbst, in dem sich alles dem persönlichen spirituellen Entwicklungspfad unterzuordnen hatte, stellte in Sepp Sempers Ermessen eine neue Dimension dar. Die Tagebuchseiten erzählten ihm von einer permanenten Jagd nach dem entscheidenden Durchbruch, nach der ultimativen Erkenntnis und offenbarten dem Chefinspektor das Ausmaß von Lisas Orientierungslosigkeit und Einsamkeit.

Die Palmblattlesung war aufschlussreich, hat mich meinem innersten Wesen und meiner Lebensaufgabe näher gebracht. Das Mantra, das mir der Brahmane mitgegeben hat, soll meine Energie günstig verändern. Aber ich habe das Gefühl, dass es noch mehr geben muss, mir noch wichtige Antworten fehlen. Noah versteht nicht, was mich im Innersten bewegt. Ich habe das Gefühl, dass er mich in meiner Entwicklung behindert. Ich werde mich von ihm trennen.

Finanziert hatte sie ihre Selbstfindungstrips mit diversen Gelegenheitsjobs wie Kellnerin, Masseurin, Erntehelferin oder Aushilfe in einem Souvenirladen. Außerdem hatte sie von ihrer Großmutter eine stattliche Summe geerbt und diese auf einem Sparkonto gebunkert. Das bisher Gelesene ließ den Chefinspektor allerdings befürchten, dass dieses Sicherheitspolster ihrer Sucht zum Opfer gefallen war. Hätte er sie davor bewahren können, wenn er sich bemüht hätte, die Freundschaft aufrechtzuerhalten?

»Hätti-wari, Sepp, das führt zu nichts«, ermahnte er sich und begab sich in die Küche, um sich einen Instant-Kaffee zuzubereiten. Dazu verspeiste er das mitgebrachte Sandwich mit Thunfischaufstrich, um sich für die weiteren Enthüllungen zu stärken. Dieses intime Eindringen in Lisas Gedankenwelt setzte ihm mehr zu, als er erwartet hatte.

Die Zeiten der Befriedigung werden immer kürzer, die bahnbrechende Erkenntnis stellt sich nicht ein, genauso wenig wie das immerwährende Glück. Und ich bin immer noch ich. 08/15-Lisa. Durchschnittsmensch, ohne außergewöhnliche Begabung. Bei all der Selbstsuche habe ich nie wirklich mich selbst gesucht, immer nur meine maßlos überhöhte Wunschvorstellung von mir. Ich hatte derlei Gedanken auch schon früher, habe versucht, aus diesem Teufelskreis der Selbsterhöhung auszubrechen. Aber von Drogen kommt man nicht so leicht weg. Also folgten das nächste Buch, das nächste

Seminar, die nächste Entwicklungsstufe, die nächste Enttäuschung.
Wer sich ständig mit sich selbst beschäftigt, landet früher oder später bei der Ernährung. Die Mikronährstoffe erscheinen mir handfester, wissenschaftlicher, ein Fortschritt in meiner Entwicklung. Auch die Rückkehr nach Graz empfinde ich als Aufwärtstrend, ich habe all die exotischen Orte nicht mehr nötig. In drei Seminaren lasse ich mich von AgiloLife zur zertifizierten Mikronährstoffexpertin ausbilden. Zu lernen, welche Wirkung Vitamine, Mineralstoffe oder Co-Enzyme auf unseren Körper und unsere Psyche haben, ist irre spannend. Nach der Ausbildung kann ich mit meinem Wissen und den Präparaten all den Menschen helfen, die von der Schulmedizin und arroganten Ärzten im Stich gelassen wurden.

Mit jedem Umblättern der Seiten vertiefte sich Sepp Sempers Hass auf die Esoterik-Mafia. Die Methoden, mit denen selbst ernannte Gurus ungefestigte Menschen auf die vermeintlich nächsthöhere Entwicklungsstufe lockten und ihnen dabei das Geld aus der Tasche zogen, widerten ihn an. Er erinnerte sich, irgendwo gelesen zu haben, dass es in der Steiermark über zweitausenddreihundert Humanenergetiker gab. Jede Zeit hatte offenbar ihre Sekten. Seine innere Stimme sagte ihm, dass er auf den kommenden Seiten von einem tragischen Ereignis in Lisas Leben lesen würde. Er beschloss, ein paar Dehnungsübungen zu machen, um den Moment hinauszuzögern. Als er sich wieder in die Lektüre vertiefte, wurde seine düstere Vorahnung bestätigt.

Ich weiß nicht, wie ich diese Schuld tragen soll. Ich habe ein Leben auf dem Gewissen. Sie hatten uns eingebläut, dass wir unsere Patienten aus Rechtsgründen immer darauf hinweisen sollten, dass es sich bei unserer Arbeit nicht um eine ärztliche Behandlung handelte. Wir waren verpflichtet, über die Grenzen unserer Methoden zu informieren, und durften keine Diagnosen und Heilsverspechen abgeben. Daran habe ich mich auch gehalten. Aber unter der Oberfläche hatte Thomas Handler, der Geschäftsführer der AgiloLife, uns eine tiefe Verachtung für die Schulmedizin eingeimpft und uns das Gefühl gegeben, über den Göttern in Weiß zu stehen.

Klar, dass meine Patientin die halbherzig geäußerten Hinweise auf die Grenzen meiner Behandlung sowie meine beiläufige Empfehlung, zusätzlich einen Arzt zu konsultieren, ignorierte. Petra war wegen Appetitlosigkeit und einem Druckgefühl im Bauch zu mir gekommen. Nachdem sie mir ihre Ernährungsgewohnheiten geschildert hatte, diagnostizierte ich in meiner Überheblichkeit eine Laktoseintoleranz und empfahl ihr unser Präparat, das Laktase und Bakterienkulturen enthielt. Anfänglich besserten sich die Beschwerden, dann kehrten sie zurück. Ich war mir nun sicher, dass meine Patientin unter einer Reizung der Darmschleimhaut litt, und behandelte sie mit den entsprechenden Kapseln, deren Eignung ich mit dem kinesiologischen Muskeltest festgestellt hatte. Nachdem auch das nicht die gewünschte Wirkung brachte, probierte ich es mit Substanzen zur Stärkung der Darmflora und gab meiner Patientin auch noch ein Sulfurpräparat, da Schwefel vielseitig einsetzbar und am Aufbau wichtiger Enzyme beteiligt ist. Als ihr Mann sie schließlich zwang, einen Arzt aufzusuchen, wurde Bauchspeicheldrüsenkrebs diagnostiziert. Sie lebte noch drei Monate. Hätte man den Krebs rechtzeitig erkannt …

»Mein Gott, Lisa, wo bist du da nur hineingeraten?« Bestürzt musste Sepp Semper das rote Tagebuch erst mal zur Seite legen. Ein Spaziergang rund um den Teich würde ihm helfen, seine Gedanken zu ordnen und die nötige emotionale Distanz zu erlangen.

Auf einem strahlend blauen Himmel hatte die Sonne, die sich nicht mehr gegen die Winterkälte durchsetzen konnte, bereits den Zenit überschritten. Alles war ruhig und friedlich, ein Spaziergänger mit seinem Rauhaardackel und ein paar schwarz gefiederte Trauerenten waren die einzigen Lebewesen, denen er begegnete.

In den knapp vierzig Minuten, die die Umrundung des Samitzteiches in Anspruch nahm, versuchte der Chefinspektor, sein Bild von Lisa durch ein Labyrinth von fünfzehn Lebensjahren in die Gegenwart zu führen. Ein schmerzhafter Prozess, der ihn auch mit seiner eigenen Wandlung von einem optimistischen, geselligen jungen Mann am Anfang seiner Polizeikarriere zum desillusionierten, eigenbrötlerischen Leiter der Ermittlungseinheit Leib und Leben mit – wie er sich eingestehen musste – einem Hang zum Eremitendasein konfrontierte. Er wusste, dass es zu einfach gewesen wäre, seine Arbeit oder den Tod von Christa für Letzteres verantwortlich zu machen. Jeder musste an den Kreuzungen des Lebens Entscheidungen treffen und in Kauf nehmen, dass sich durch das Beschreiten eines Weges andere für immer verschlossen. Aus seiner Sicht war weniger die Richtungswahl ausschlaggebend für das eigene Lebensglück, als vielmehr die Fähigkeit, mit der getroffenen Wahl Frieden zu schließen. Einem beträchtlichen Teil der Menschen fiel das schwer, einige schienen aus Angst, eine suboptimale Abzweigung einzuschlagen, in einem ewigen Kreisverkehr gefangen.

Lisa war intelligent, attraktiv und voller mitreißender Energie gewesen. Das Leben hatte unzählige Optionen für sie bereitgehalten, Möglichkeiten, von denen das Gros der weniger privilegierten Erdenbürger nur träumen konnte. Warum hatte ihr das nicht gereicht? Warum hatte sie nicht akzeptieren können, dass sie eine liebenswerte, interessante junge Frau war, mit gewöhnlichen Begabungen, Stärken und Schwächen? Die Welt brauchte mehr wunderbare Durchschnittsmenschen ohne Eigendünkel. Warum dieser zwanghafte Wahn, etwas Besonderes, eine Auserwählte sein zu müssen?

Die letzten fünfhundert Meter bis zur Hütte legte Sepp Semper im Laufschritt zurück. Das half ihm, die Gedankenkarussell-Bremse zu ziehen und seinen Fokus wiederzufinden, auch wenn er keine Antworten auf seine Fragen gefunden hatte.

Auf der Terrasse war es ihm mittlerweile zu kalt geworden. Er brühte sich noch einen Kaffee auf und beschloss, den Rest von Lisas Tagebuch auf der Küchenbank zu lesen.

So tragisch der Vorfall für das seelische Gleichgewicht seiner verstorbenen Freundin gewesen war, rechtlich blieb der Tod ihrer Patientin ohne Konsequenzen. Mit ihrer Unterschrift am Anamnesebogen und Behandlungsvertrag hatte die Patientin bestätigt, über Risiken und Grenzen der Mikronährstofftherapie informiert worden zu sein. Ein Freibrief für Kurpfuscherei, dank dessen Lisa und AgiloLife aus dem Schneider waren. Das Schockerlebnis hatte Lisa jedoch dazu bewogen, der Eso-Szene den Rücken zu kehren. Laut ihren Aufzeichnungen bedurfte es einiger Sitzungen bei einer Psychotherapeutin, bis sie sich wieder halbwegs gefangen hatte. Den Entschluss, als Prostituierte zu arbeiten, kommentierte sie in ihren Aufzeichnungen ganz und gar pragmatisch.

Ich habe eine alte Freundin in Wien besucht. Sie wollte unbedingt in die »Wein und Co«-Bar in der Jasomirgottstraße gehen. Aufgetakelte Weiber mit Tor-

schlusspanik auf der Jagd nach zahlungskräftigen Geschäftsmännern. Sie sind zu dumm zu begreifen, dass sie selbst die Beute für eine Nacht sind. Schade, dass Sepp jetzt nicht hier ist. Er würde sicher lachen, wenn ich ihm erzählte, dass ich mir am Barhocker in dieser Abschlepp-Location vorkam wie die »Queen Of The Silver Dollar« aus dem Dr.-Hook-Song. Auch ich war einst »an ordinary girl with ordinary dreams«. Und genau an diesem Punkt scheine ich wieder angekommen zu sein. Nach all der Selbstsuche und krampfhaften spirituellen Pseudo-Entwicklung, die mich ein Vermögen gekostet hat, habe ich nichts als hohle Gewöhnlichkeit gefunden. Aber ehrlich gesagt ist das sogar befreiend. Einer von den »Jesters« in der »Wein und Co«-Bar hat mich angesprochen. Ich habe mir einen Spaß daraus gemacht, ihn etwas am Gängelband zu führen, und habe ihn dann sitzen lassen. Während mein Zug Richtung Graz am nächsten Tag über den Semmering kroch, ließ ich den Abend Revue passieren. Und plötzlich fiel mir ein alter Spruch ein: Der einzige Unterschied zwischen einer Schlampe und einer Nutte ist, dass die Schlampe zu dumm ist, Geld zu verlangen.

Es folgten noch ein paar Seiten, in denen Lisa ihr Debüt im Rotlichtmilieu beschrieb.

Obwohl Prostitution, neben Saisonarbeit, Erntehilfe und Zeitungsaustragen, eine der wenigen Tätigkeiten ist, der Flüchtlinge während eines laufenden Asylverfahrens nachgehen dürfen, kommt der Großteil der Prostituierten in Graz aus Ungarn, Rumänien und der Slowakei. Einige Frauen stammen aus Nigeria und vereinzelt auch aus Südamerika. Der Typ »Kindfrauen mit knabenhafter Figur« ist am gefragtesten.

Die zweitbeste Verdienerin im Club Anonym ist um die dreißig, gertenschlank, drogenabhängig und apathisch. Sie strahlt Wehrlosigkeit und Schwäche aus, was offenbar bei den Freiern ankommt. Aber auch für Prostituierte wie mich, die auf den Vierziger zusteuern, besteht ausreichende Nachfrage, vor allem wenn sie, je nach Bedarf, zwischen Domina und Mütterlichkeit wechseln können. Nach all der Suche eröffnet sich mir ein ganz profaner Weg zur Freisetzung meiner inneren Kreativität, und statt Spiritual Dancing gibt's nun halt Pole-Dance. Ha, ha.

Klaus, der Betreiber des Club Anonym, behandelt uns fair und hat ein geschicktes Händchen dafür, seine Mädchentruppe so zusammenzustellen, dass sie ein breites Spektrum an Vorlieben abdeckt. Jede von uns weiß, welche Art von Freier auf wen abfährt. Dadurch ist auch der Konkurrenzkampf unter den Prostituierten nicht so beinhart wie normalerweise in diesem Gewerbe. Aber wirklich angefreundet habe ich mich nur mit Lenka. Sie ist wie eine kleine Schwester für mich.

Der letzte Eintrag in Lisas Tagebuch setzte sich als Kloß im Hals des Chefinspektors fest, den er trotz konvulsivem Schluckreflex nicht hinunterwürgen konnte:

Zu viele Orte in Graz erinnern mich an Sepp. Ich wünsche mir, ihn wiederzusehen, sehne mich nach der Unschuld und Zuversicht dieser Vergangenheit. Aber ich weiß, dass es uns so, wie wir damals waren, nicht mehr gibt. Ob wir dennoch wieder Freunde werden könnten? Ich sollte mich bei ihm melden. Irgendwann werde ich den Mut finden, es zu tun, aber noch bin ich nicht so weit.

Als Sepp Semper den Schlüssel zur Hütte zurückbrachte, begann sich der Himmel bereits in jenen psychedelischen Rosa-, Orange- und Rottönen zu färben, die nur die veränderte Lichtbrechung einer tiefer stehenden Wintersonne hervorzaubern konnte. Die windzerzausten graublauen Zirruswolken verstärkten die dramatische Wirkung. Sie wirkten wie von Künstlerhand mit kraftvollen, nach oben verlaufenden Bewegungen gemalt. Er leistete Lisas Eltern eine Kaffeetasse lang Gesellschaft, ertrug tapfer ihre Verwirrung und Trauer und schwor erneut, die Umstände des Todes ihrer Tochter aufzuklären. Das Tagebuch hatte ihm immerhin zwei wichtige Anhaltspunkte geliefert. Er brannte darauf, am nächsten Morgen mit Thomas Handler, dem Geschäftsführer von AgiloLife, zu reden und den Namen der verstorbenen Patientin zu eruieren, damit er ihrem Ehemann einen Besuch abstatten konnte. Am Abend musste er dann den obligatorischen Weihnachtspunsch über sich ergehen lassen. Aber selbst der Gedanke daran konnte seine tatendranggenährte Euphorie nicht trüben.

Feinstoffliche Geschäfte

Das Gebäude von AgiloLife war ein moderner Klotz in Rot, Stahl und getöntem Glas im Südosten der Stadt, wo die Ebene des Grazer Beckens langsam in die sanften Wölbungen des oststeirischen Hügellands überging. In dieser Gegend befand sich auch der Grazer Urwald, eine noch zu Kaisers Zeiten aufgelassene Baumschule, deren vielfältige Pflanzen und Streuobstwiesen seither dem Lauf der Natur überlassen wurden. Neben heimischen Baumarten konnte man hier auch Exoten wie Weihrauchzedern, Tränenkiefern oder einen Mammutbaum bestaunen.

Auch bei AgiloLife herrschte ein gewisses Dschungelflair. Palmen, begrünte Wände, Wasserfall, weißes Ledersofa – jede Pore des Foyers verströmte die Duftmarke gut gehender Geschäfte. Die bestens geschulte Empfangsdame verzog keine Miene, als Sepp Semper seinen Ausweis zückte und den Geschäftsführer zu sprechen verlangte. Keine zwei Minuten später wurde er von dessen stöckelbeschuhter Assistentin zum Büro geleitet. »Kreuzdonnerwetter, mit Nahrungsergänzungsmitteln lässt sich offenbar die große Kohle machen«, konnte sich der Chefinspektor angesichts des feudalen Büros nicht verkneifen.

Der Mann hinter dem Designer-Schreibtisch aus grauem Naturholz auf anthrazitfarbenem Stahlgestell trat ihm mit ausgestreckter Hand und einem Strahlemann-Lächeln entgegen. Sein weißer Leinenanzug und die Kette mit dem runden Kristallanhänger, in dessen Mitte sich eine Kupferspirale wand, verliehen Thomas Handler etwas Guruhaftes.

Semper fühlte sich sofort an eine narzisstisch grelle Sonne erinnert. Gleichzeitig verströmten die kornblumenblauen Augen seines Gegenübers eine Kälte, die ihn an einen Profikiller denken ließ. Nachdem sie auf der zitronenfarbenen Ledersitzgruppe Platz genommen und ihre Getränkebestellungen – einmal Kaffee, einmal grüner Tee und eine Flasche stilles Wasser – abgegeben hatten, warf ihm der Geschäftsführer von AgiloLife einen auffordernden Blick zu. »Mein Herr, womit kann ich Ihnen dienen?«

Nachdem Sepp Semper ihn vom Ableben seiner Mitarbeiterin unterrichtet hatte, führte Thomas Handler die gefalteten Hände an die Lippen und wirkte im richtigen Ausmaß bestürzt. »Lisa Schreiner tot, sagen Sie? Mein Gott! Auch wenn ich wenig mit ihr zu tun hatte, kann ich mich natürlich an sie erinnern. Wir sind hier schließlich so etwas wie eine große Familie.«

»Frau Schreiner hat der Familie aber den Rücken gekehrt, nachdem jemand durch ihre Behandlung gestorben ist, wie ich erfahren habe.«

Sein Gesprächspartner ließ sich von dieser Provokation keineswegs aus der Ruhe bringen.

»Ein bedauerlicher Vorfall. Die Patientin ist aber nicht durch die Behandlung mit unseren Präparaten gestorben, sondern weil sie trotz der Hinweise von Frau Schreiner keinen Arzt hinzugezogen hat. Wir konnten anhand der Behandlungsvereinbarung eindeutig beweisen, dass Frau Schreiner die Verstorbene ordnungsgemäß über Risiken und Grenzen der von ihr eingesetzten Mikronährstofftherapie aufgeklärt hat. Sie trifft keinerlei Schuld.«

»Offenbar hat sie das anders gesehen. Aufgrund ihrer Gewissensbisse hat sie sich schließlich von AgiloLife abgewendet.«

»Leider, ja. Wir haben ihr immer wieder versichert, dass sie vollkommen korrekt gehandelt hat. Aber der Vorfall hat sie offenbar aus der Balance gebracht. Da konnten wir nichts tun.«

»Tja, manche Menschen reagieren eben übersensibel, wenn sie am Tod eines Menschen beteiligt sind.«

»Was genau wollen Sie von mir?« Die Stimme von Thomas Handler hatte mittlerweile einiges an Temperatur eingebüßt.

»Ich versuche, die Hintergründe von Frau Schreiners Ableben aufzuklären. Hat sie Ihnen gedroht, rechtliche Schritte gegen Sie und AgiloLife zu unternehmen oder mit ihrer Geschichte an die Presse zu gehen?«

»Nein. Auf Basis welcher Vorwürfe auch?« Diesmal schien Handler ehrlich überrascht von der Andeutung des Chefinspektors.

»Wollen Sie mir sagen, dass Sie sich in gutem Einvernehmen getrennt haben?«

»Ja. Sie haben es erfasst. Es gab keinerlei Gründe für einen Zwist.«

Sepp Semper erkannte, dass er hier vorerst nicht weiterkommen würde.

»Können Sie mir den Namen der verstorbenen Patientin nennen?«

»Meine Assistentin wird ihn gerne für Sie aus den Akten heraussuchen. Kann ich sonst noch etwas für Sie tun?«

Der letzte Satz deutete an, dass Thomas Handler die Audienz als beendet betrachtete.

»Wo waren Sie vergangenen Dienstag zwischen ein und vier Uhr morgens?«

»Zu Hause in meinem Bett. Meine Frau wird das gerne bezeugen. Die Kontaktdaten bekommen Sie ebenfalls von meiner Assistentin.«

Semper erhob und bedankte sich. Er hatte genug von der selbstverliebten Arroganz, die sein Gegenüber zur Schau stellte. Bevor er das Büro verließ, konnte er sich einen weiteren Seitenhieb nicht verkneifen. »Und Sie stellen also diese Vitamin- und Mineralstoff-Pillen her, die man neuerdings in jedem Apothekenschaufenster und Drogeriemarkt sieht?«

Der Geschäftsführer bedachte den Chefinspektor mit einem nachsichtigen Lächeln, wie man es geistig zurückgebliebenen Kindern schenkt.

»Der Markt boomt, dazu haben wir als Qualitätspioniere beigetragen. Unsere Produkte werden Sie in keinem ›dm‹ finden, das entspricht nicht unserem Anspruch an Diagnose und Beratung. Und unter uns, ich empfehle Ihnen, die Finger von den Billigprodukten in Drogeriemärkten zu lassen, wenn Sie Wert auf Wirkung legen und nicht hauptsächlich Zucker, Füll- und Geschmacksstoffe zu sich nehmen wollen. Unsere Präparate gehen zudem weit über die von Ihnen angesprochenen ›Vitamine und Mineralstoffe‹ hinaus. Wir haben Produkte, die in der orthomolekularen Medizin bei Depressionen, Nahrungsmittelunverträglichkeiten, Herz-Kreislauf-Erkrankungen, ja sogar begleitend bei der Krebstherapie eingesetzt werden. Unsere Vision ist es, die Menschheit gesünder zu machen. Aber ich gebe Ihnen gerne einen Produktfolder mit.«

Derartige Selbstgefälligkeit wirkte wie ein Brandbeschleuniger für den leicht entflammbaren Widerspruchsgeist des Ermittlungsleiters.

»Wissen Sie, ich mache viel Kampfsport in Verbindung mit Ausdauertraining. Wenn ich da einen zusätzlichen Magnesiumschub für meine Muskeln benötige, esse ich einfach eine Extraportion an Nüssen, Kürbiskernen und Hülsenfrüchten oder trinke einen Kakao. Ganz einfach und ganz natürlich.«

Auch diese Stichelei glitt an dem Firmenboss ab wie in Vaseline getauchte Hände an einem Aal.

»Tja, leider ernährt sich der Großteil der Bevölkerung nicht so bewusst wie Sie. Wenn Sie ambitioniert Sport betreiben, rate ich Ihnen trotzdem dazu, einmal Ihren Magnesiumspiegel kontrollieren zu lassen. Sehr oft reicht da ausgewogene Ernährung eben nicht mehr aus. Und ich bin überzeugt, dass Sie mit unseren Präparaten eine Leistungssteigerung erzielen könnten.«

Er erhob sich, holte ein Döschen aus dem Wandschrank und überreichte es Sepp Semper.

»Unser Magnesium, konzipiert für optimale Resorption. Ein Geschenk des Hauses. Haben Sie sonst noch Fragen? Ich habe nämlich gleich eine Telefonkonferenz.« Der letzte Satz war eine klare Aufforderung an den Chefinspektor, seinen Hintern aus dem Büro zu bewegen.

Auf dem Weg nach draußen durchquerte Sepp Semper das Büro der Assistentin, Frau Pfeilhammer, die ihm mit einem kühlen Lächeln einen Zettel in die Hand drückte. In einer Handschrift, die als Muster für Ordentlichkeit gelten konnte, stand darauf der Name »Petra Kranzbauer« geschrieben. Die verstorbene Patientin.

»Ich brauche auch noch die Kontaktdaten der Ehefrau Ihres Chefs.«

Nach einer kurzen telefonischen Rücksprache bekam der Chefinspektor auch diese mit einer professionellen Liebenswürdigkeit ausgehändigt, mit der Frau Pfeilhammer ihre Verachtung effektiver zum Ausdruck brachte als mit einer Ohrfeige. Er bedankte sich mit einem knappen Nicken und war froh, diese Brutstätte von Unsympathlern verlassen zu können.

Kaum hatte er den Ausgang durchschritten, wählte er die Nummer von Thomas Handlers Frau. Besetzt. Verdammt, der Widerling war ihm zuvorgekommen. Als er Irene Handler wenig später erreichte, gab sie ihm unumwunden zu verstehen, dass ihr Mann den Anruf des Ermittlungsleiters bereits angekündigt hatte, und bestätigte erwartungsgemäß das Alibi.

Die ganze Scharade machte Sepp Semper so sauer, dass er trotzig entgegnete: »Ich hätte auch noch ein paar Fragen an Sie. Kann ich bei Ihnen vorbeikommen?«

»Ich weiß nicht, was ich zu Ihrer Erhellung beitragen könnte.« Die Antwort kam nach einem kurzen Zögern. Zumindest war es ihm gelungen, einen Anflug von Unsicherheit zu erzeugen.

»Ich bin in circa zwanzig Minuten bei Ihnen«, beendete er das Telefonat und schwang sich auf sein Fahrrad.

Seidiges Schwarz

Das Haus am Hang des Ruckerlbergs, einer der teuersten Wohngegenden in Graz, war eine jener seelenlosen modernen Schachteln, die, im Teamwork mit neuen Wohnbauprojekten, nach und nach die für die Gegend typischen historischen Villen verdrängt hatten. Das schmiedeeiserne Gartentor stand offen, und Sepp Semper fuhr mit seinem Fahrrad über die mit granitgrauen Steinen gepflasterte Auffahrt.

Bereits nach dem ersten Klingeln öffnete ihm eine blonde Enddreißigerin in einem seidenen schwarzen Hausanzug. Irene Handler verstand es meisterhaft, ihre Verblüffung über seine winterfeste Fahrradkleidung hinter einer Fassade ironischer Überheblichkeit zu verbergen.

»Sparmaßnahmen bei der Kripo?«

»Fitness- und Umweltbewusstsein verantwortungsvoller Beamter. Darf ich hineinkommen?«

Sie zuckte ergeben mit den Schultern und schritt kommentarlos voraus ins Wohnzimmer.

Irene Handler war freischaffende Architektin und arbeitete meist von zu Hause aus. Die Wohnzimmereinrichtung ließ darauf schließen, dass die Bewohner einen modernen, minimalistischen Stil bevorzugten. Grau, Weiß, Chrom und Edelstahl dominierten den Raum, eine Yuccapalme und ein Weihnachtsgesteck aus Stechpalmenblättern und -beeren, drapiert um eine silberfarbene Kerze, bildeten die einzigen Farbakzente.

Die Architektin bestätigte erneut das Alibi ihres Mannes

und gab an, Lisa Schreiner nur vom Hörensagen gekannt zu haben.

»Thomas hat mir natürlich von dem bedauernswerten Zwischenfall erzählt. Aber persönlich getroffen habe ich die Dame nie.«

»Wie ist Ihr Mann damals mit der ganzen Geschichte rund um den Tod von Petra Kranzbauer umgegangen?«

»Er hat das Verhalten von Frau Schreiner natürlich untersucht. Ihr ist nichts anzulasten gewesen, folglich ist er hinter ihr gestanden. Aber sie hat den Vorfall wohl nicht überwunden und hat bald darauf ihre Kooperation mit AgiloLife beendet.«

»Gab es deswegen böses Blut?«

»Mir ist diesbezüglich nichts bekannt, nein. Dazu bestand auch kein Grund.«

»Und der Mann der verstorbenen Patientin? Hat er Ihrem Mann Schwierigkeiten gemacht?«

»Soweit ich weiß, hat er Thomas einmal angerufen und beschimpft. Das war es dann aber auch.«

»Hat Herr Kranzbauer gerichtliche Schritte gegen AgiloLife unternommen oder angedroht?«

»Nein. Dafür gab es ja keinerlei Grundlage.«

Sie bedachte ihn mit einem nachsichtigen Lächeln, und Sepp Semper realisierte, dass er so nicht weiterkommen würde. Irgendwie musste es ihm gelingen, den Panzer aus blasierter Selbstsicherheit zu durchbrechen. Um Zeit zu gewinnen, bat er, die Toilette benutzen zu dürfen. Die ans Badezimmer anschließende Tür stand einen Spaltbreit offen, und er schlich auf Zehenspitzen weiter, um einen Blick in den Raum zu erhaschen. Ein Schlafzimmer. Cremefarbene Satinbettwäsche. Ein vereinsamtes Polster.

»Ein schönes Haus haben Sie«, log er bei seiner Rückkehr, »sehr geschmackvoll. Haben Sie es selbst entworfen?«

Sein Gegenüber bestätigte seine Annahme mit einem Nicken.

»Welche Räumlichkeiten befinden sich im oberen Geschoss?«

»Unsere beiden Arbeitszimmer sowie ein Gästeschlafzimmer und -bad. Wenn Sie keine weiteren Fragen haben ... Ich habe noch einiges an Arbeit vor mir.«

»Natürlich. Nur noch eine Frage, dann sind Sie mich los.«

Irene Handler blickte ihn aus ihren Eismeer-Augen ermunternd an. Der Chefinspektor hätte sie beinahe attraktiv gefunden, wäre da nicht dieser harte Zug um die etwas zu schmalen Lippen gewesen. Gezielt feuerte er seine Provokation ab.

»Hatte Ihr Mann ein Verhältnis mit Lisa Schreiner? Haben Sie deswegen getrennte Schlafzimmer?«

Es war faszinierend zu beobachten, wie ihr Gesicht innerhalb eines Wimpernschlages von souveräner Kühle zu purer Feindseligkeit und wieder zurück wechselte.

»Mein Mann schnarcht. Das ist der einzige Grund für unsere getrennten Schlafzimmer.«

»Wie können Sie dann sicher sein, dass er am vergangenen Dienstag zwischen eins und vier zu Hause war?«

»Weil wir Sex hatten und danach gemeinsam eingeschlafen sind. Thomas war die ganze Nacht bei mir. Verlassen Sie jetzt bitte mein Haus.«

Der Chef der Ermittlungseinheit Leib und Leben entschied, dass es das Beste wäre, nach Hause zu radeln. Er benötigte seinen Zugang zur Datenbank des LKA, um den Ehemann von Lisas verstorbener Patientin ausfindig zu machen. Zusätzlich wollte er seine Assistentin bitten, Zeitungsarchive nach Meldungen über AgiloLife und Thomas Handler zu durchforsten. Roswitha war ihm gegenüber zu hundert Prozent loyal, er vertraute darauf, dass sie dichthalten würde. Außerdem hielt er es für sinnvoll, sich mit Lenka Kovac zu treffen. Er musste noch tiefer in Lisas Leben eintauchen. Mit etwas Glück hatte sie ihrer Freundin von den traumatischen Ereignissen erzählt. Er hoffte, dass ihm die Slowakin Hinweise auf einen Konflikt mit dem Inhaber von AgiloLife liefern würde.

Zwei Stunden später hatte er Hermann Kranzbauers Namen, Adresse und aktuellen Arbeitgeber ausfindig gemacht sowie Roswitha bezirzt, heimlich nach Zeitungsmeldungen und Schmutzflecken auf dem Strahlemann-Image des Nahrungsergänzungsmittel-Entrepreneurs zu suchen. Lenka Kovac hatte sich einverstanden erklärt, ihn morgen zum Mittagessen zu treffen. Da ihm mangels offizieller Ermittlungen zumindest eine Hand auf den Rücken gebunden war, konnte er momentan nicht mehr erreichen. Ein Blick auf die Uhr ermahnte ihn, dass es ohnehin Zeit war, zu duschen und sich langsam auf den Weg Richtung Punschstand zu machen.

Eingehüllt von Dampfschwaden und dem würzigen Zitrusduft seines Duschgels spürte er, wie die Verspannungen in der Schulterpartie sich allmählich lockerten. Gegen die Gedankenknoten in seinem Kopf, geknüpft aus Ermittlungsfrust und einer unverhältnismäßigen Wut auf sämtliche Eso-Gurus, konnten allerdings auch heißes Wasser und belebende Aromen nichts ausrichten. Er musste sich geistig entkrampfen, sonst lief er Gefahr, sich heillos zu verrennen. Normalerweise halfen ihm die freien Assoziationsrunden mit Christoph, eine Technik, die die beiden untereinander perfektioniert hatten. Aber wie es aussah, war er in diesem Fall auf sich allein gestellt und musste ohne die gleichermaßen stimulierenden wie korrigierenden Denkanstöße seines Kollegen klarkommen.

Er

Zwei Grabzeilen weiter zerstob die schwarze Vogelschar an Trauergästen unter den eisigen Windböen in alle vier Himmelsrichtungen. Die letzten gemurmelten Beileidsbekundungen verstummten, und das Knirschen der Schuhsohlen klang ferner und ferner, bis es schließlich ganz verhallte. Endlich war er wieder ungestört. Bei diesen Temperaturen blieb der Zentralfriedhof, einer der ältesten Friedhöfe von Graz, von Spaziergängern weitgehend verschont, die bei Schönwetter gerne das weitläufige Wegnetz nutzten, um sich zwischen alten Baumbeständen und kunsthistorisch wertvollen Grabdenkmälern die Füße zu vertreten. Für die meisten Menschen waren Friedhöfe eine düstere Ermahnung an die Endlichkeit der eigenen Existenz. Für jene wie ihn, deren Glaube stark war, hingegen Sinnbild der Erlösung und hoffnungsfrohe Verheißung ewigen Lebens.

Ein schlichtes Kreuz, ein Name, ein Geburts- und ein Sterbedatum in silberfarbener Gravur bildeten die einzige Zierde auf dem Grabstein aus weißem Marmor. Gerade die Gewissheit, dass der Schmerz über den Verlust des geliebten Menschen niemals versiegen würde, spendete ihm Trost und Lebenskraft. Diese Seelenpein war alles, das ihm geblieben war. Er zündete die mitgebrachte Kerze an, wischte mit der bloßen Hand Schneereste zur Seite und platzierte das weihnachtliche Gesteck auf dem glatten Marmorstein, der sich so kalt anfühlte wie sein Inneres, denn die Flammen des Zorns spendeten keine Wärme.

Er trat einen Schritt zurück und betrachtete das puristi-

sche Arrangement. Die leuchtend roten Früchte der Stechpalme wirkten wie erstarrte Blutstropfen inmitten der immergrünen gezackten Blätter. Er huldigte dem Gott des Alten Testaments. Blut fordert Blut. Für ihn hatten Friedhöfe eine weitere Bedeutung erlangt, waren steingewordene Erinnerung daran, dass nur die Rache über den Tod triumphierte.

Seine erste Tote hatte ihm die Augen geöffnet. Er hatte nicht geplant, sie umzubringen, hatte versucht, sie zur Vernunft zu bringen. Aber das dämliche Luder wollte nicht hören. Arroganz und Irrglaube – Todsünden, derer sie sich schuldig gemacht hatte. Die Tat hatte ihm eine ungeahnte Befriedigung verschafft und für eine kurze Weile den Schmerz durch etwas Erhabeneres ersetzt. Er hatte begriffen, dass Gott ihn dazu auserkoren hatte, möglichst vielen Vipern, Verbündeten des Teufels, den Kopf abzuschlagen. Vielleicht würde es ihm sogar gelingen, eine der Königskobras zu enthaupten.

Und danach? Er wusste es nicht. Die Zukunft hatte ihren Sinn eingebüßt, ihre Strahlkraft verloren. Er lebte in der Gegenwart, und in dieser war die Rache sein einziges Lebenselixier, das ihn aus dem Bett steigen, zur Arbeit gehen, den Schein der Normalität aufrechterhalten ließ. Angeblich hatte Blut die Macht zur Transformation. Wer weiß, vielleicht würde er am Ende ja neu geboren werden.

Schneeflockenwalzer

Da Sepp Semper ausreichend Zeit hatte, beschloss er, den Weg in die Grazer Innenstadt zu Fuß anzutreten. Schließlich war er heute schon knapp siebzehn Kilometer geradelt. Mit der heraufziehenden Dunkelheit machten sich zunehmend Wolken am Winterhimmel breit, die Verheißung von Schnee lag in der Atmosphäre. Er spazierte die Mur entlang, deren Wasser kühle, sauerstoffreiche Luft mit sich brachte, wodurch die Temperatur entlang des Schwimmschulkais meist ein paar Grad unter der am Hauptplatz lag. Je mehr er sich dem Stadtkern näherte, desto dichter wurde das Getümmel und desto penetranter die Ausdünstung punschtrunkener Weihnachtsstimmung. Vor der Talstation der Schlossbergbahn hatte sich eine beachtliche Schlange gebildet. Im Fünfzehn-Minuten-Takt beförderte die Standseilbahn Touristen wie Einheimische, die den steilen Fußweg scheuten, bequem zum Christkindlmarkt in den Kasematten, die 1927 erstmals als Freiluftbühne für die Schlossbergfestspiele genutzt worden waren. Sepp Semper lebte gerne in Graz, nur in der Vorweihnachtszeit waren ihm die Touristenbusse und die Alkoholdämpfe von den dicht gesäten Punschständen zu viel. Am Eisernen Tor reichten ein paar tiefe Atemzüge aus, um einen Schwips zu bekommen. Er war froh, dass seine Kollegen sich für den Mehlplatz entschieden hatten, wo das Gedränge nicht ganz so nervig war.

Die Stände funkelten gleich Kristallen in der Winternacht, flankiert von der stuckverzierten Fassade des Palais Inzaghi, das im Laufe seiner über vierhundertjährigen Geschichte bereits das Tabaksamt, Mehlhändler sowie den Komponisten Robert Stolz beherbergt hatte. Nachdem in der Christnacht des Jahres 1823 ein gefräßiges Feuer vom Schauspielhaus nur rußgeschwärzte Mauerteile übrig gelassen hatte, diente das Stadtpalais bis zu dessen Wiederaufbau als Ausweichquartier. Trotz der malerischen Kulisse blieb die Weihnachtskitsch-Faszination für den Chefinspektor ein Mysterium.

Roswitha hatte mit Christoph und Peter eine Runde durch die Stände gedreht und präsentierte nun stolz ihre Beute, eine Christbaumkugel mit kitschiger Winterlandschaft.

»Handbemalt.«

»Schön«, seufzten alle im Chor. Als vom Nachthimmel auch noch üppige Flocken herabschwebten und sich in den Armen einer sanften Brise in einem langsamen Walzer wiegten, verbreitete sich das verträumte Leuchten in den Augen der Umstehenden wie ein Lauffeuer. Selbst Sepp Semper konnte in diesem Augenblick nicht mehr leugnen, dass der Adventzeit eine gewisse Magie innewohnte. Ein seliges Lächeln verjüngte die sonst zumeist ernsten Gesichter seiner Arbeitskollegen, und er schämte sich beinahe, dass das Punsch-Ritual für ihn eher eine lästige Pflichtübung darstellte. Als selbst auferlegte Buße spendierte er eine zweite Runde.

Während die Frage, ob Lisas traumatisches Erlebnis nicht doch mehr als zwei Jahre später Auslöser für einen Selbstmord gewesen sein konnte, zum Gravitationszentrum von Sempers Gedanken anwuchs, kreisten die Gespräche seiner Kollegen um die skurrilsten Mordmotive des sich seinem Ende zuneigenden Jahres. Das Rennen machte schließlich die zweiunddreißigjährige Frau aus Deutschlandsberg, die ihre beste Freundin erstochen hatte, weil ihr die Event Hostess den Freundschaftsdienst verweigert hatte, ihr Backstage-Karten für das Gabalier-Konzert zu besorgen.

Niemand sprach ihn auf das Thema Lisa oder seine Urlaubspläne an, und er war dankbar für diese taktvolle Zurückhaltung. Erst als sie sich voneinander verabschiedeten, ermahnte ihn Christoph, keine Dummheiten zu machen. Roswitha umarmte ihn, und er spürte, dass sie heimlich etwas in seiner Jackentasche verschwinden ließ.

»Ich gehe noch ein paar Schritte in deine Richtung«, verkündete Sonja und hakte sich ganz selbstverständlich bei ihm unter.

Das Schneegestöber war unterdessen dichter geworden und hüllte die Stadt in eine weiße Daunendecke, die sämtliche städtische Lichtverschmutzung reflektierte und so für zusätzliche Helligkeit sorgte. In diesem Winterlicht erschien die Gerichtsmedizinerin Sepp Semper besonders adrett. Die schmal geschnittene cognacfarbene Velourslederhose betonte ihre schlanke Figur. Dazu trug sie einen dicken Zopfpullover in Türkis, der ihre braunen Augen zum Strahlen brachte. Kaum waren die beiden außer Hörweite, erkundigte sich Sonja nach dem Fortschritt seiner privaten Ermittlungen.

Er bemühte sich um einen knappen, sachlichen Bericht, der seine Aversion gegen Gurus und Kurpfuscher, die schamlose Geldmacherei auf Kosten Kranker, Hilfesuchender und naiver Trottel betrieben, nicht allzu offensichtlich zur Schau stellte.

»Das Tagebuch eröffnet mir zumindest einen Ansatzpunkt für meine Ermittlungen. Dieser Blender von AgiloLife könnte ein Motiv haben. Ihm ist zuzutrauen, dass ihm jedes Mittel recht ist, um seinen Ruf und seine Geschäfte zu verteidigen. Morgen werde ich auch diesem Hermann Kranzbauer auf den Zahn fühlen«, brachte er seine Gedanken auf den Punkt.

Die Gerichtsmedizinerin hatte den Ausführungen ihres Kollegen nahezu schweigend gelauscht. Ihre Kommentare beschränkten sich auf Kopfschütteln und ein hin und wieder eingestreutes »Mein Gott«. Die Betroffenheit über Lisas Schicksal war ihr deutlich anzumerken. Nun wetterte sie ihrerseits gegen die Eso-Fraktion sowie die Profitmacherei mit Nahrungsergänzungsmitteln und anderer Fake-Medizin.

»Natürlich haben Vitamine, Mineralstoffe und andere Mikronährstoffe eine wichtige Funktion im Körper zu erfüllen, und in gewissen Ausnahmesituationen kann eine ergänzende Einnahme dieser Präparate durchaus sinnvoll sein. Ihre Verabreichung sollte aber denen vorbehalten sein, die eine Ahnung davon haben. Für alle, die sich halbwegs vernünftig ernähren und die an keiner speziellen Erkrankung leiden, sind solche Präparate schlichtweg hinausgeschmissenes Geld. Ich habe mal interessehalber an einer Schulung von einem Hersteller teilgenommen, ohne mich als Ärztin zu outen. Drei Tage gefährliches Halbwissen, weitergegeben an Leute, die glauben, mittels Pendel feststellen zu können, welchen Nährstoffmangel jemand hat. Und mit dem Begriff ›Orthomolekularmedizin‹ verleiht man diesem Humbug einen wissenschaftlichen Anstrich. Da wird es dir echt schlecht, Sepp.«

»Kann man mit dem Zeug gesundheitliche Schäden anrichten?«

»Abgesehen davon, dass viele verleitet werden, Pillen zu schlucken, statt sich gesund zu ernähren, normalerweise nicht. Die Verabreichung hoch dosierter Präparate ist Gott sei Dank noch den Ärzten vorbehalten. Trotzdem sind einige Stoffe nicht unbedenklich. Vitamin C, E oder Betacarotin können beispielsweise die Wirkung einer Chemotherapie zunichtemachen. Auch die Mär vom allgegenwärtigen Vitamin-D-Mangel ist nicht ungefährlich. Die von der

Industrie propagierte Dosis ist ungefähr zehnmal so hoch wie die Empfehlungen der National Academy of Medicine. Bei einer derartigen Überdosierung kann es durchaus zu Muskelschwächen, Verdauungsstörungen oder sogar akutem Nierenversagen kommen. Viele dieser selbst ernannten Heiler haben davon aber keine Ahnung und unterliegen dem fatalen Irrglauben, dass man mit Mikronährstoffen nichts falsch machen kann. Gefährlich wird es auch, wenn es die Patienten mit dem Pillenschlucken übertreiben. Ein Kollege von mir hatte mal den Fall einer Frau, die es mit der regelmäßigen Einnahme von Selensupplementen zu weit trieb und eine progrediente Seh- und Gedächtnisstörung davontrug.«

»Progredient?«

»Entschuldige. Sich zunehmend verschlimmernd.«

»Warum hat sie das getan?«

»Weil ihr eine Heilpraktikerin eingeredet hat, dass Selen das Immunsystem stärkt. Das Tragische ist, dass nach zwei Jahren Selenentzug zwar die Seh- und Gedächtnisstörungen verschwunden waren, die Frau aber eine Hirnatrophie, einen Verlust von Hirnsubstanz, davontrug.«

»Lass mich raten: Der Heilpraktikerin konnte man wahrscheinlich nichts anhaben, oder?«

»Natürlich nicht. Wasserdicht abgesichert durch eine unterschriebene Behandlungsvereinbarung. Genau wie in Lisas Fall. Von Medizin haben sie keine Ahnung, aber die richtigen Klauseln kennen sie. Dafür sorgt die Wirtschaftskammer, die den ganzen feinstofflichen Chakra-Schamanen sogar einen Berufsgruppenobmann zur Seite gestellt hat. Aber offensichtlich rechtfertigen die beachtlichen Umsätze die Förderung von pseudowissenschaftlichem Plunder.«

Sepp Semper empfand es als wohltuend, seine Meinung durch eine hervorragende Ärztin und intelligente Frau bestätigt zu wissen.

»Leider bewegen sich meine Ermittlungsergebnisse auch noch im feinstofflichen Bereich. Was Handfestes habe ich bisher nicht vorzuweisen.«

»Gib nicht auf, Sepp«, ermunterte Sonja ihn.

Da sie mittlerweile an der Straßenbahnstation am Hauptplatz angekommen waren, drückte sie ihm auch gleich einen Abschiedskuss auf die Wange und verfiel in einen Laufschritt, um den gerade einfahrenden 1er nicht zu verpassen.

Der Chefinspektor wartete, bis sie eingestiegen war, und winkte ihr nochmals zu, als das schrille Klingelzeichen die Abfahrt der Straßenbahn ankündigte. Der Wind war stärker geworden, der Schneewalzer in eine temperamentvolle Flocken-Polka übergegangen. Er beschleunigte seine Schritte, um das vorweihnachtliche Innenstadtgetümmel so rasch wie möglich hinter sich zu lassen. »Gib nicht auf.« Wie ein Mantra murmelte er die Worte der Gerichtsmedizinerin vor sich hin.

Irgendwann ein eigenes Café

Am nächsten Morgen verspürte der Leiter der Abteilung Leib und Leben das dringende Bedürfnis, etwas für seinen eigenen Leib zu tun, bevor er sich mit Lenka Kovac zum Mittagessen traf. Also radelte er zum Gym, um Hebel- und Grifftechniken zu trainieren und mit seinem MMA-Coach im Boxring an der Verfeinerung seiner Schlag- und Tritttechnik zu arbeiten. Er mochte das Mixed-Martial-Arts-Training, mit dem er nach Christas Tod, hauptsächlich als Ventil für seine verzweifelte Wut, begonnen hatte. Mittlerweile schätzte er, dass es seinen gesamten Körper in Schuss hielt und seine Koordination, Kraft und Reaktionsstärke verbesserte. Da der Inhaber des Gyms, selbst ehemaliger European Champion, im Laufe der Zeit zu einem Freund geworden war, genoss Sepp Semper das Privileg, vom Chef persönlich als Sparringspartner zu profitieren. Nach den abschließenden Sandsack-Slams, Medizinball-Twists und Koordinations-Sprints war er durchgeschwitzt, seine Muskeln brannten von der Anstrengung und seine Augen vom Salz des Schweißes. Er fühlte sich zufrieden und voll neuer Energie.

»Nächstes Mal fokussieren wir beim Krafttraining auf Crunches, und ich zeig dir ein paar dynamische Übungen mit Kugelhanteln. Beim MMA kommt die Kraft aus einer stabilen Körpermitte. Starke Rumpfmuskeln sind die Basis für die Kraft hinter deinen Attacken.«

Eine Predigt, die Sepp Semper nicht zum ersten Mal hörte. Er nickte zustimmend – um seine Mitte war es momentan körperlich wie mental nicht bestens bestellt. Normalerweise servierte ihm sein Trainer auch Kritik an seiner zu langsamen Fußarbeit, aber diese blieb diesmal aus.

Der Chefinspektor fühlte sich im Gym wohl. Von Mikrobiologen über Juristen und Manager bis hin zu Jugendlichen aus sozial prekären Verhältnissen, die im Training Halt fanden, traf man hier ziemlich alles. Neben Österreichern hauten Syrer, Afghanen, Ukrainer, Serben, Kroaten und Türken aufeinander ein und bauten so ihre manchmal durchaus zwischenmenschlichen Aggressionen ab. Außerhalb des Rings galt das Ehrengesetz der Bruderschaft. Alle, die sich nicht daran hielten, die für Stunk sorgten oder gar in Raufereien verwickelt wurden, setzte der Inhaber gnadenlos vor die Tür. Sepp Semper war überzeugt, dass der Gym-Betreiber damit einen wesentlichen und reellen Beitrag zu Integration und Verständigung leistete.

Nachdem er geduscht und die Trainingskleidung in seinen Rucksack gestopft hatte, blieb ihm noch Zeit für einen Gemüseshake an der Bar und eine kurze Plauderei mit seinem Trainer und Freund. Dieser überraschte ihn wieder einmal mit einer neuen Geschäftsidee, diesmal einer Crowdfunding-Plattform für Immobilienprojekte.

»In Deutschland boomt das seit Jahren, das Finanzierungsvolumen ist gigantisch, über zweihundertzehn Millionen Euro. Du wirst sehen, das schlägt auch bei uns bombenmäßig ein. Gerade wo es mit den Banken immer mühsamer wird, ist das eine megacoole Sache.«

Der Gym-Betreiber war einer jener Charaktere, die in jeder Situation beherrscht wirkten. Auch jetzt sprach er mit ruhiger Stimme und zurückhaltender Gestik, nur das Funkeln in seinen Augen war Zeugnis seiner inneren Begeisterung.

»Immobilien. Du hast deine Pfoten auch in jedem halbseidenen Geschäft zwischen Scheibbs und Palermo«, scherzte der Chefinspektor. Er wollte sich schon auf den Weg Richtung Innenstadt machen, als ihm noch etwas einfiel.

»Sag mal, kennst du eigentlich den Betreiber vom Club Anonym?«

»Klaus? Ja sicher. Der hat auch schon hier trainiert.«

»Was weißt du über ihn?«

»Ein kluger Kopf. Hat BWL oder so was studiert und versteht sein Geschäft. Der Club ist gut geführt und wirft ordentlich Gewinn ab.«

»Und die Prostituierten, wie behandelt er die?«

»Im Milieu hat er den Ruf, fair zu sein. Für ihn ist das Bordell ein Unternehmen wie jedes andere. Alles legal. Und er hat keine Schwierigkeiten, Mädchen zu finden, weil sie bei ihm keine Gratisnummern für ihn oder seine Freunde einlegen müssen, was man von anderen Clubs nicht behaupten kann.«

Sepp Semper dankte seinem Freund und schwang sich auf sein Fahrrad, um Lenka Kovac im »Glöckl Bräu« über Lisa auszuquetschen. Da er keine Lust auf eine Extradosis Feinstaub und Autoabgase hatte, nahm er die etwas längere Route, die ihn entlang der Mur und durch den Augarten führte. Der sonst so lebhafte Fluss war in diesem Abschnitt zu einer trägen, brackigen Wassermasse verkommen, was dem neuen Murkraftwerk im Stadtteil Puntigam geschuldet war. Naturschützer hatten davor gewarnt, dass die Reduktion der Fließgeschwindigkeit Laichgründe und Lebensräume von Fischen gefährden würde. Die Kraftwerksbauer behaupteten hingegen, umfangreiche Maßnahmen vorgenommen zu haben, um die ökologischen Schäden so gering wie möglich zu halten.

Der Chefinspektor kannte sich mit der Materie zu wenig aus, um diesbezüglich ein kundiges Urteil fällen zu können. Er wusste nur, dass ihm ein munter dahinplätscherndes Gewässer lieber war. Gemäß seiner Theorie über den Zusammenhang zwischen Fließdynamik und Bewegungsfreude der Bewohner fürchtete er zudem, dass sich die Grazer in puncto Phlegma zunehmend den Wienern annähern würden.

Wie der Chefinspektor erwartet hatte, war das Wirtshaus an einem Samstagmittag beinahe bis auf den letzten Platz gefüllt. Es gehörte zum erfolgreich geführten Imperium eines der beiden Grazer Gastro-Clans, nach Meinung von Sepp Semper dem sympathischeren.

Die Slowakin saß bereits am reservierten Ecktisch und spielte nervös mit ihrem Ring, den ein Stein aus buntem Meranoglas zierte. Als sie ihre Verabredung kommen sah, richtete sie sich kerzengerade auf und blickte ihm ernst entgegen. Während sie ihre Wahl aus der bodenständigen Speisekarte trafen, berichtete Sepp Semper von seiner Jugendfreundschaft mit Lisa und offenbarte seine Zweifel an deren Freitod. Seine Tischgefährtin hatte sich unterdessen etwas entspannt. Als er sie bat, ihm so viel wie möglich über die Tote zu erzählen, nickte sie energisch. Tiefe Konzentrationsfalten auf ihrer Stirn unterstrichen die Ernsthaftigkeit, mit der sie an die Schilderung heranging.

»Einmal habe ich mich Träumereien von einem reichen Freier hingegeben, der sich in mich verliebt, mir schöne Dinge kauft, üppiges Trinkgeld gibt und mich auf Reisen mitnimmt. Lisa hat nur gelacht. ›Träumen wir nicht alle davon?‹, habe ich sie gefragt. Sie hat mich bloß angesehen und gemeint: ›Kindchen, ich träume von einem Freier, der mir einfach das Geld unter der Tür durchschiebt, ohne dass ich mit ihm reden, ihn ansehen oder mich von ihm anfassen lassen muss.‹ Das war typisch Lisa, nüchtern und praktisch. Sie war sparsam, hat gewissenhaft Geld auf die Seite gelegt und einen klaren Plan gehabt, wie lange sie noch als Prostituierte arbeiten musste. Damit hat sie auch mir ein Ziel gegeben. In spätestens zwei Jahren wollten wir gemeinsam ein kleines Café eröffnen.«

»Lisa war nicht immer so nüchtern und zielstrebig«, tastete sich der Chefinspektor vor. Es zeigte sich, dass seine Jugendfreundin offenbar kein Geheimnis aus ihren Verirrungen in die Eso-Szene gemacht hatte. Auch über den Tod von Lisas Patientin war Lenka Kovac im Bilde.

»Sie hat mich immer ermahnt, nicht die gleichen Fehler wie sie zu machen. Ich bin diesbezüglich nämlich auch etwas anfällig. Durch Lisas Geschichte habe ich begriffen, dass Esoterik bloß nährstoffarmes Fast Food für den Geist in umweltschädlichem Wegwerfgeschirr ist.« Nach einem kurzen Schlucken fügte sie mit leiser Stimme hinzu: »Sie fehlt mir so.«

»Hat Lisa jemals einen Konflikt mit Thomas Handler oder AgiloLife erwähnt?«

Als sein Gegenüber nur den Kopf schüttelte, fiel es dem Chefinspektor schwer, seine Enttäuschung zu verbergen. Die Zeitungsausschnitte, die Roswitha für ihn aufgespürt hatte, gaben auch wenig her. Auszeichnungen durch die Wirtschaftskammer, Eröffnungen weiterer Shops, mehr war da nicht zu finden. Sicherheitshalber hatte er ein Foto von Thomas Handler ausgeschnitten, das er nun Lenka Kovac vorlegte.

»Ist das der Mann, der Lisa im Club aufgesucht hat und vor dem sie durch die Hintertür geflüchtet ist?«

Als seine Gesprächspartnerin auch das verneinte, war er mit seinem Latein ziemlich am Ende.

»Hat sie angedeutet, dass sie von irgendwoher Geld erwartet?«, wagte er einen letzten Versuch, aber auch dieser verlief ins Leere. Also beschloss er, das Essen und die Gesellschaft zu genießen, und ließ sich von Lenka Kovac Einblicke in den Alltag einer Prostituierten geben.

Die Mädchen im Club Anonym arbeiteten auf eigene Rechnung. Sie bezahlten Eintrittsgebühr und Zimmermiete, konnten die Preise mit den Freiern selbst aushandeln und theoretisch auch Nein sagen. Letzteres wurde allerdings vom Clubbetreiber nicht gerne gesehen, vor allem, wenn es wiederholt vorkam. Die Verdienstmöglichkeiten waren verlockend, manche brachten es auf siebentausend Euro im Monat.

»Das schnell verdiente Geld ist für viele ausschlaggebend. Für andere ist die Prostitution aufgrund mangelnder Ausbildung und Sprachkenntnisse die einzige Möglichkeit, aus einer beschissenen finanziellen Situation herauszukommen. Allerdings werden die wenigsten reich. Sie geben das Geld für Schuhe und sonstigen teuren Fummel oder Drogen aus. An Altersvorsorge denkt niemand. Lisa war da eine totale Ausnahme. Dass ich Geld auf der Seite habe, habe ich ihr zu verdanken.«

»Und die Freier?«, wollte der Chefinspektor wissen, während er sich bemühte, seinen Käferbohnensalat zu verspeisen, ohne Kernölspritzer auf seinen Pullover zu bekommen. Das schwarze Salatöl schmeckte zwar wunderbar nussig, war aber in puncto Fleckenentfernung eine echte Herausforderung. »Was treibt die ins Bordell?«

»Die einen wollen unkomplizierten Sex gegen Bezahlung, ohne Beziehungsstress. Die sind einfach zu handhaben. Auch Muslime sind zum größten Teil angenehm. Höflich, rasiert, geduscht, wollen einfach nur, was sie mit ihren Ehefrauen nicht machen dürfen oder wollen. Oral oder Doggystyle halt. Mühsamer sind die Einsamen, die eine Illusion von Liebe suchen.«

»Und was ist mit unappetitlichen oder gewalttätigen Freiern?«

»Der Club bietet einen gewissen Schutz. Aber es gibt immer wieder Männer, die glauben, sie dürfen alles mit einer

Frau machen, nur weil sie dafür bezahlen. Scheiß, den sie auf YouPorn gesehen haben. Schrammen und blaue Flecken hat wohl jede schon einmal davongetragen. Und klar, es gibt auch die fetten und unappetitlichen Kunden. Das war für mich am Anfang am schwersten. Aber irgendwann lernst du es. *Mind on the money, eyes on the wall.*«

Während die Slowakin ihren Alltag mit jener sachlichen Distanziertheit schilderte, die Sepp Semper in Verhören von Prostituieren schon öfters begegnet war, angelte sie den letzten Rest ihrer Käsespätzle aus der kleinen als Essgeschirr dienenden Gusseisenpfanne.

Es gab nichts, das er ihren schonungslosen Ausführungen hinzufügen konnte. Er betrachtete sie schweigend dabei, wie sie ihr Besteck ordentlich zur Seite legte und sich mit der Stoffserviette vorsichtig den Mund abtupfte, und dachte daran, dass die junge Frau, die ihm gegenübersaß, wahrscheinlich Lisas engste Freundin und Vertraute gewesen war.

»Möchten Sie noch einen Kaffee?«

Da sie verneinte, winkte er dem Kellner mit der Geldbörse und bedankte sich bei Lenka Kovac für ihre Zeit. Als sie sich vor dem Eingang verabschiedeten, hielt er ihre Hand fest und stammelte unbeholfen: »Lassen Sie nicht ab von Ihrem Traum von dem Café. Sie schaffen das.«

Sie lächelte, streckte den Daumen in die Höhe und verschwand in der schmalen Passage Richtung Herrengasse.

Halb zwei. Perfekt, um sich auf den Weg zu Hermann Kranzbauer zu machen. So anregend das Mittagessen mit Lisas Freundin auch gewesen war, in seinen Ermittlungen hatte es Sepp Semper keinen Millimeter weitergebracht. Er hoffte, dass das Zusammentreffen mit dem Ehemann von Lisas verstorbener Patientin sich als ergiebiger erweisen würde. Am meisten wurmte ihn, dass Lenka Kovac ihm keine haltbaren Indizien gegen Thomas Handler geliefert hatte. Getrennte Schlafzimmer waren nicht ausreichend, und außer seinem Bauchgefühl hatte er nichts vorzuweisen.

»Ein guter Ermittler folgt stets der Beweiskette. Deine Predigt, Sepp.« Christas Stimme in seinem Kopf hatte einen neckischen Unterton.

»Ja, ja. Aber manchmal bleibt einem guten Ermittler nur sein Bauchgefühl als Wegweiser durch das Labyrinth an menschlichen Abgründen.«

»Bauchgefühl und Apathie sind aber nicht das Gleiche, mein Schatz.«

Christa hatte recht, was seiner Laune einen weiteren Dämpfer verpasste. Er war nicht Chefinspektor geworden, weil er sich von persönlichen Gefühlen in die Irre führen ließ. Sepp Semper verrannte sich nicht. Auch nicht in einem Fall, der sich ständig am Rande eines emotionalen Minenfeldes bewegte.

Ich wünsche mir, ich hätte den Mut

Der Chefinspektor radelte durch den Stadtteil Liebenau, vorbei am Grünanger-Areal, das einst das größte Zwangsarbeiterlager in Graz beherbergt hatte. Im Zuge der Bauarbeiten für das neue Murkraftwerk waren hier menschliche Knochenteile sowie eine fachmännisch durch Sägen abgetrennte Schädeldecke gefunden worden. Heute befanden sich hier einfache Holzhäuser, ein Jugendzentrum, ein Kinderspielplatz und ein Skaterpark. Da in Graz jede Woche rund eintausendzweihundertfünfzig Quadratmeter neu verbaut und stündlich über einundsechzig Quadratmeter versiegelt wurden, war es wenig überraschend, dass die Bauwut auch vor diesem sensiblen Areal nicht haltmachte und im vergangenen April der Spatenstich für weitere hundertfünfzig Wohnungen gesetzt worden war. Betongold für zunehmend ausländische Investoren. Aufgrund der guten Verkehrsanbindung und Infrastruktur, der relativen Zentrumsnähe und der noch zahlreichen Grünflächen, die, wie die charakteristischen Ein- und Zweifamilienhäuser, allerdings nach und nach überdimensionierten Wohnbauprojekten zum Opfer fielen, war der Bezirk Liebenau nach wie vor eine beliebte Wohngegend. Der Eindruck einer lieblichen Au, von der sich der Name ableitete, ließ sich allerdings nur mehr mit einer Überdosis Phantasie aufrechterhalten.

Als Sepp Semper wenig später vor dem etwas sanierungsbedürftigen Häuschen mit der Nummer dreiundvierzig vom Fahrrad stieg, ermahnte er sich zu objektivem, methodischem Vorgehen. Kaum hatte er den Daumen von der Klingel genommen, wurde die Tür auch schon geöffnet. Der Chefinspektor wusste bereits, dass Hermann Kranzbauer in der IT-Abteilung einer Versicherung arbeitete. Auf den ersten Blick wirkte der klobige Mann wie ein gutmütiger Teddybär. Der Kriminalist hatte es sich jedoch angewöhnt, den Augen besondere Aufmerksamkeit zu schenken. Er meinte, hinter der vordergründigen Unsicherheit und den geschwollenen Tränensäcken ein explosives Munitionslager an Wut zu erspähen. Gut, das würde er testen.

Der Witwer bat ihn ins Wohnzimmer, wo sich auf einer altmodischen Kommode mehrere Fotos befanden. An der Wand dahinter hing ein Bild von Sonnenstrahlen, die sich im Nebel brachen, und darüber in goldenen Buchstaben der Spruch:

Muss ich auch wandern in finsterer Schlucht,
ich fürchte kein Unheil;
denn du bist bei mir,
dein Stock und dein Stab geben mir Zuversicht.

Sepp Semper nahm an, dass es sich dabei um einen Bibelpsalm handelte. Er hielt inne, um die Fotos genauer zu betrachten. Die lächelnde Frau, deren Blick sich verträumt in der Ferne verlor, musste Petra Kranzbauer sein. Die Aufnahmen zeigten sie allein, mit ihrem Ehemann, und auf einer war auch ein ungefähr sechzehnjähriger Junge mit auf dem Bild.

Der Hausherr war Sempers Blick gefolgt. »Unser Sohn, Horst. Er war achtzehn, als seine Mutter starb. Es war für uns beide eine sehr schwierige Zeit.«

»Der Tod Ihrer Frau ist auch der Grund meines Besuches.«

Der Witwer blickte ihn erst überrascht an, dann verfinsterte sich seine Miene. »Warum stochern Sie in dieser alten Geschichte herum?«

»Wissen Sie, dass Lisa Schreiner tot ist?«

Ein nervöses Zucken flatterte über die Lider Hermann Kranzbauers, dann erklärte er kühl: »Nein. Aber offenbar gibt es doch noch so was wie ausgleichende Gerechtigkeit.«

Es kostete Semper einige Kraftanstrengung, keinerlei Gefühlsregung zu zeigen. Ganz gelang es ihm nicht, den gereizten Unterton in seiner nächsten Frage zu unterdrücken.

»Haben Sie sie jemals persönlich getroffen?«

»Nein, aber meine Frau war dieser Scharlatanin hörig. Fraß all die Pillen, die sie ihr einredete. Ich habe versucht, sie zur Vernunft zu bringen, aber sie wollte nicht hören. Nach Petras Tod besaß diese Kanaille auch noch die Frechheit, mir einen Brief zu schreiben, in dem sie sich entschuldigte. Als ob es damit getan wäre.«

»Haben Sie den Brief noch?«

Sein Gegenüber sah ihn überrascht an. »Nein, natürlich nicht.«

»Und Sie sind nie persönlich mit Frau Schreiner in Kontakt getreten? Haben nie versucht, sie von Angesicht zu Angesicht zu konfrontieren?«

»Ich habe sie einmal angerufen, nachdem ich den Brief erhalten hatte, und ihr meine Meinung gesagt.«

»Und was war Ihre Meinung?«

»Dass sie meine Frau auf dem Gewissen hat, natürlich.«

Langsam wurde Hermann Kranzbauer wütend.

»Und damit war die Sache für Sie dann erledigt?«

Sein Gegenüber war mittlerweile aufgesprungen und kreiste im Wohnzimmer wie ein in einem Käfig gefangenes Raubtier.

»Erledigt? Haben Sie irgendeine Ahnung, was es heißt,

den geliebten Ehepartner durch so eine sinnlose Blödheit zu verlieren?«

»Ja, die habe ich«, entgegnete Sepp Semper nüchtern.

Die Antwort verunsicherte den Witwer. Er ließ sich wieder in den bereits etwas abgenutzten Fauteuil fallen und bedeckte sein Gesicht für einige Sekunden mit beiden Händen. Als es wieder zum Vorschein kam, zeigte sich darin das seit mittlerweile über zwei Jahren aufgestaute Emotionspotpourri aus Schmerz, Resignation und Hass.

»Lisa Schreiner hat durch ihre Überheblichkeit und vernagelte Idiotie den Tod meiner Frau zu verantworten. Man hätte sie ins Gefängnis sperren müssen. Aber natürlich hatte ich keine Chance, gegen sie rechtliche Schritte zu unternehmen. Die Unterschrift verzweifelter und von Hoffnung geblendeter Patienten gibt diesen Betrügern quasi einen Freibrief für Kurpfuscherei.«

»Sie müssen sie wahrlich gehasst haben.«

Herrmann Kranzbauer zupfte nervös an dem goldenen Kruzifix um seinen Hals, bewegte es an der dünnen Kette hin und her und starrte zum Fenster hinaus. Es schien, als ob er sich selbst erst über seine Gefühle klar werden müsste. Mehrere Sekunden verstrichen, bis er schließlich dem Chefinspektor in die Augen blickte und mit gesenkter Stimme erklärte: »Ja, natürlich. Obwohl sie auch nur ein bedauernswertes Opfer dieser verlogenen Heilsversprecher gewesen ist. Der wirkliche Verbrecher ist der Chef dieses Unternehmens für Quacksalber-Pillen.«

»Thomas Handler«, bestätigte Semper, »ich habe schon gehört, dass Sie ihn am Telefon beschimpft haben.«

»Ich habe ihn einmal vor der Firma abgepasst, um ihn zur Rede zu stellen. Aber das Schwein ist glitschiger als eine Ölspur.«

Auf den Wangen des Witwers zeugten einige rote Flecken von seiner inneren Erregung.

»Was ist bei dieser Konfrontation passiert?«

»Er hat irgendwas dahergefaselt, dass er meinen Schmerz zwar verstehe, ich aber akzeptieren müsse, dass Frau Schreiner und AgiloLife keine Schuld treffe. Ich habe ihn beschimpft, ihm gedroht, mit der Geschichte zur Zeitung zu gehen.«

»Wie hat er darauf reagiert?«

»Er hat nur kühl geantwortet, dass ich mich dann gleich auf eine Verleumdungsklage durch seine Anwälte einstellen könne. Dann hat er noch gesagt, dass er mich wegen Hausfriedensbruch von der Polizei abführen lasse, wenn ich nicht sofort vom Firmengelände verschwinde. Das war's dann.«

»Und, haben Sie versucht, irgendwelche Schritte gegen AgiloLife zu unternehmen?«

Hermann Kranzbauer lachte nur gequält auf.

»Mit meinen bescheidenen finanziellen Mitteln gegen den Staranwalt des Herrn Handler? Mir hat mein Rechtsbeistand bestätigt, dass ein Prozess wohl kaum zu meinen Gunsten ausginge. Also habe ich mich von dieser Illusion verabschiedet. Meine Frau hätte das auch nicht wieder lebendig gemacht.«

»Aber Ihre Rachegelüste haben unter der Oberfläche weitergebrodelt. Es fiel Ihnen immer schwerer zu akzeptieren, dass Sie nichts gegen diese Scharlatane tun konnten. Und nun ist es Ihnen zu viel geworden, und Sie haben einen Weg gefunden, Frau Schreiner für den Tod Ihrer Frau zur Verantwortung zu ziehen.«

Sein Gegenüber schüttelte nur den Kopf.

»Manchmal wünschte ich, ich hätte die Eier dazu.« Der grenzenlose Schmerz in Hermann Kranzbauers Stimme ließ den Chefinspektor schlucken.

»Ich muss Sie fragen, wo Sie am vergangenen Dienstag zwischen ein und vier Uhr morgens waren.«

»Zu Hause in meinem Bett. Und bevor Sie weiterfragen: Nein, es gibt keine Zeugen dafür.«

Sepp Semper notierte sich noch den Namen des Firmenanwaltes von AgiloLife – ein Name, der in Graz nicht unbekannt war.

Auf dem Nachhauseweg entschied der Chefinspektor sich für die Route durch die Innenstadt, weshalb ihm auffiel, dass ein Friseur Einzug in das rosa Haus am Fuße des Schlossbergs gehalten hatte. Sein dunkles Haupthaar, in dessen Seitenpartien sich erste Silberfäden woben, konnte einen Verschönerungsschnitt vertragen. Da er nichts Dringenderes zu tun hatte, hielt er sein Fahrrad an. Sepp Semper hegte eine Aversion und ein tiefes Misstrauen gegenüber teuren Friseuren. Er betrachtete die schlichte Notwendigkeit, seinen dichten Haarwuchs im Zaum zu halten, als etwas, das man am besten schnell hinter sich brachte, und konnte überkandidelten Ritualen mit nach Abenteuer und Männlichkeit duftenden Pflegeprodukten wenig abgewinnen. Die Preise, die mit schwarzem Stift auf die Fensterfläche geschrieben waren, fanden jedoch seine Billigung.

Er schirmte seine Augen mit den Händen ab, um durch die stark spiegelnde Scheibe einen Blick ins Innere zu erhaschen. Ein dunkelhaariger junger Mann saß vereinsamt inmitten der schnörkellosen und zweckmäßigen Einrichtung und spielte gelangweilt mit seinem Handy. Als der Chefinspektor sich einen Ruck gab und durch die Eingangstür trat, die sein Kommen mit einem Klingeln ankündigte, wurde er mit einem freundlichen Lächeln begrüßt. Die Frage, ob er gleich drankommen könne, erübrigte sich, und nur wenige Augenblicke später wurde sein Kopf mit kundigen Griffen gewaschen.

Der Figaro ließ sich Sempers Vorstellung von dessen Wunschhaarschnitt genauestens schildern und machte sich mit außergewöhnlicher Liebe zum Detail, als hätte er sämtliche Zeit der Welt, ans Werk. Auch den Dreitagebart seines einzigen Kunden brachte er mit einem Rasiermesser und geschickten Händen in Fasson. Dabei erzählte er, dass er ursprünglich aus Dubai stamme. Auf einer Europareise hatte er in Graz seine Frau kennengelernt und sich entschieden, in der Mur-Metropole zu bleiben.

Der Chefinspektor empfand das wie ein sanfter Mairegen auf ihn einprasselnde Gequassel als angenehm, da es keine Antwort seinerseits erforderte und ihn von düsteren Mordfallgedanken ablenkte.

Das Ergebnis der Bemühungen des jungen Mannes konnte sich sehen lassen, und als er Sepp Semper auch noch einen Willkommensrabatt gewährte und für Schnitt plus Rasur neunzehn Euro verrechnete, erkor dieser ihn zu seinem künftigen Stammfriseur. Angesichts der in der Innenstadt üblichen Wuchermieten bangte er allerdings um dessen Überleben. Es kam nicht von ungefähr, dass das Stadtzentrum mit einem massiven Leerstandsproblem zu kämpfen hatte. Daran würden auch Websites, auf denen verwaiste Geschäftslokale kostenlos angepriesen werden konnten, oder kreative Zwischennutzungsprojekte wenig ändern. Das Schaufenstersterben sowie die betrübliche Verwandlung von kleinen, individuellen Läden und Traditionsgeschäften in seelenlose, wenig originelle Filialen internationaler Handelsketten wurden zu einer zunehmenden Bedrohung für das Flair der Grazer Innenstadt. Zudem belegte die steirische Landeshauptstadt bei der Shopping-Mall-Dichte Platz acht unter allen Städten mit über hunderttausend Einwohnern in der DACH-Region, was den Kaufleuten und Gewerbetreibenden im Zentrum das Überleben auch nicht gerade leichter machte. Sepp Semper nahm sich daher vor, den sympathischen jungen Mann durch regelmäßige Besuche zu unterstützen.

Wieder daheim machte er sich daran, Ordnung in seine Gedanken zu bringen. Er kramte eines der A2-Blätter hervor, die er speziell für solche Gelegenheiten kaufte und, mangels Spesentauglichkeit, selbst bezahlen musste. Darauf notierte er mit einem grünen Stift sämtliche eindeutigen Fakten rund um Lisas Tod in chronologischer Reihenfolge, beginnend mit der folgeschweren Behandlung von Petra Kranzbauer. Danach ergänzte er diese Auflistung um ziemlich verlässliche Informationen, die er in Blau notierte, und fügte zuletzt mit einem roten Filzstift all jene Punkte hinzu, die bloße Vermutung seinerseits waren. Danach hatte Hermann Kranzbauer ein wesentlich eindeutigeres Motiv als Thomas Handler und außerdem kein Alibi. Wobei die Aussage von Handlers Ehefrau mehr als zweifelhaft war. Zwei Verdächtige also, wenn es sich überhaupt um einen Mord handelte. Das Wort »Burking« hatte er in Rot geschrieben, jedoch blau eingekreist, da Sonja diese Möglichkeit zumindest nicht ausgeschlossen hatte. Sowohl Thomas Handler als auch Hermann Kranzbauer hatten die nötige Statur und Kraft dazu. Der Chefinspektor starrte deprimiert auf das Blatt Papier. Wirklich weiter brachte ihn das alles nicht.

Um auf andere Gedanken zu kommen, beschloss er, eine Pause einzulegen und sich kurz die Füße zu vertreten. Die Straßenlaternen hatten sich bereits eingeschaltet und malten gelbliche Lichtkegel auf den Asphalt. Sein Abendspaziergang führte ihn vorbei am verlassenen Kinderspielplatz, auf dem in den Sommermonaten um diese Zeit noch Hochbetrieb geherrscht hätte. Er bog nach links in eine verkehrsberuhigte Seitengasse ein, wo eine zutrauliche Tigerkatze seinen Weg kreuzte, kraulte das schnurrende Tier hinter den Ohren und wunderte sich beim Betrachten der geparkten Autos zum wiederholten Mal darüber, dass diese immer größer zu werden schienen. SUV – für Sepp Semper ein Akronym für »Sinnlose Umwelt-Verschmutzung«. Die Katze hatte mittlerweile ihr Interesse an ihm verloren und war in den Büschen verschwunden.

Als er an der Tanzschule vorbeikam, hielt er kurz inne, um die Paare zu beobachten, die hinter den großen Fenstern gerade eine kompliziert anmutende Figur übten. Irgendwas Lateinamerikanisches, aber kein Tango, soweit er das mit seinen auf Walzer beschränkten Schrittkenntnissen einordnen konnte. Christa und er hatten oft überlegt, einmal einen Kurs zu besuchen, aber nie die Zeit dafür gefunden. Bis es zu spät gewesen war. Sepp Semper dachte an Hermann Kranzbauers gebrochenen Blick, begleitet von den Worten »Manchmal wünschte ich, ich hätte die Eier dazu«. Er versuchte sich vorzustellen, wie er reagiert hätte, wenn er den Autofahrer, der Christa totgefahren hatte, damals in die Finger bekommen hätte. Auge in Auge mit dem Menschen, der mit ihr auch sein Liebesglück zertrümmert hatte. Der auch noch feige genug gewesen war, um Fahrerflucht zu begehen. Klar, er hatte Rachegedanken gehegt, sogar Mordlust verspürt. Aber konnte er sich auch eine Situation vorstellen, in der er diesen niederen Instinkten nachgeben würde?

Er beschleunigte seine Schritte unter den laublosen Linden, keine fünf Minuten später war er wieder vor seiner Haustür angelangt. Für den Rest des Abends hatte er sich noch einiges an Recherche vorgenommen, aber vorher stärkte er sich mit einer rasch zubereiteten Eierspeis, die er mit Kürbiskernöl und frischem Koriander, der neben Schnittlauch und Petersilie auf seiner Küchenfensterbank gedieh, verfeinerte. Sepp Semper mochte Pflanzen, sie beruhigten ihn. Christa hatte immer behauptet, dass er jenes Talent besitze, das, entsprechend einer aus dem Englischen entlehnten Redewendung, als »grüner Daumen« bezeichnet wurde. Manchmal, wenn Stress und psychische Belastung in seinem Job an der Marke des Unerträglichen schrammten, wünschte er sich, die Zeit zurückdrehen und die Laufbahn eines Gärtners einschlagen zu können. Anflüge romantischer Verklärtheit. Im Grunde liebte er seinen Beruf.

Gefüllt mit frischem Tatendrang, hatte er sich gerade in die Datenbank des LKA eingeloggt, in der Hoffnung, auf zweckdienliche Informationen über Hermann Kranzbauer zu stoßen, als sein Handy losschepperte.

Er

Sein erster geplanter Mord. Wenn alles nach Plan verliefe, würde schon bald neben einem weiteren Namen auf seiner Sünderliste ein schwarzes Kreuz prangen. Das in seinem Blut zirkulierende Adrenalin schärfte seine Wahrnehmung derart, dass seine Umgebung beinahe unnatürlich wirkte. Wie ein Film in Ultra HD. Ein Blick auf seine Armbanduhr offenbarte ihm, dass die Ehefrau in etwa fünf Minuten zu ihrem samstäglichen Fitnesstraining aufbrechen würde. Danach sollte er sein Opfer für sich allein haben, das er hinter einem beleuchteten Fenster im Obergeschoss vermutete.

Das Gebüsch und der frühe Einbruch der Dunkelheit schützten ihn vor dem Entdecktwerden, die Handschuhe und Einweg-Überschuhe würden es der Spurensicherung schwer machen. Er spannte seine Muskeln an und machte sich hinter dem immergrünen Kirschlorbeer bereit. Punkt siebzehn Uhr schwebte das Garagentor mit einem dezenten Surren nach oben. Dem Herrn sei Dank für Menschen mit einer fixen Routine, das machte sein Vorhaben um ein Vielfaches leichter. Der silberfarbene BMW glitt an ihm vorbei. Wie ein geschmeidiges Raubtier schnellte er aus seinem Versteck hervor und katapultierte sich mit einer Rolle ins Innere der Garage, bevor der Sesam sich wieder schließen konnte. Jetzt blieb ihm nur noch zu hoffen, dass die Verbindungstür ins Haus nicht verschlossen war. Vorsichtig drückte er die Klinke nach unten. Das leise Schnappen entlockte ihm ein dünnes Lächeln. Er hatte Glück. Oder vielmehr, der Herr stand ihm bei seiner Mission zur Seite.

Die Bewohner hatten es offenbar nicht nötig, Strom zu sparen. Die Diele war beleuchtet, und auch aus dem verwaisten Wohnzimmer fiel orange getöntes LED-Licht auf seine Netzhaut. Vorsichtig arbeitete er sich auf den grauen Steinfliesen Richtung Treppe ins Obergeschoss vor.

Déjà-vu

Neunzehn Uhr dreißig. Auf dem Display von Sepp Sempers Handy leuchtete der Name »Markus Steiner«. Offenbar hatte er an diesem Samstag den Bereitschaftsdienst ausgefasst.

»Ja«, meldete sich der Chefinspektor knapp.

»Ähm, Chef, wir haben einen weiteren Toten. Ich habe mir gedacht, ich informiere Sie.«

»Ich habe Urlaub. Rufen Sie Christoph an.«

»Ja, gut, Chef. Ich habe nur gedacht, dieser Thomas Handler war ein einflussreicher Unternehmer. Möglicherweise zieht der Fall das Interesse der Medien auf sich, und Sie wissen ja, wie empfindlich unser Herr Polizeidirektor diesbezüglich ist. Da hab ich mir gedacht, vielleicht wollen Sie lieber selbst …«

Sepp Semper war bereits aufgesprungen.

»Schicken Sie mir einen Wagen vorbei. Informieren Sie auch Sonja, ich will sie am Tatort haben. Gut mitgedacht, Herr Kollege.«

Im Haus am Fuße des Ruckerlbergs erwartete den Chefinspektor eine Art Déjà-vu: geschäftige SpuSi-Mitarbeiter in weißen Schutzanzügen auf der Jagd nach verwertbaren Spuren. Die Leiche von Thomas Handler lag am Steinfliesenboden der Diele. Er war in eine hellgraue Leinenhose mit Kordelzug und ein langärmliges weißes Shirt, ebenfalls aus Leinen, gekleidet und trug eine Schlinge um den Hals. Der Rest des Polyesterseils baumelte vom Geländer der Galerie im ersten Stock. Irene Handler, die bei der Rückkehr aus dem Fitnessstudio ihren Mann erhängt aufgefunden hatte, erschien ihm allerdings gefasster als Lenka Kovac. Nichts in ihrem perfekt geschminkten Gesicht deutete auf vergossene Tränen hin.

Markus Steiner war gerade dabei, ihre Aussage aufzunehmen, und Semper ließ ihn gewähren. Schließlich blieb ihm noch immer die Möglichkeit, der Witwe später selbst einige Fragen zu stellen. Sonja Adelmann, die nur wenige Minuten nach dem Chefinspektor am Tatort eintraf, machte sich mit der für sie typischen Effizienz an die Untersuchung des Leichnams.

Er nutzte die Zeit, sich im Haus etwas genauer umzusehen. Ein moderner, von Glas, Metall und schwarzem Leder geprägter Raum war offenbar das Arbeitszimmer von Thomas Handler. Semper verschaffte sich einen raschen Überblick über Schubladen- und Ordnerinhalte. Abgesehen von einer Statista-Prognose, die das Marktvolumen für Vitamin- und Mineralstoffpräparate in Österreich im Jahr 2025 auf hunderteinundzwanzig Millionen Euro schätzte, fand er jedoch nichts, das seine Aufmerksamkeit erregte. Der Laptop war passwortgeschützt, da musste er sich gedulden, bis Peter Liebisch sich das Gerät vorknöpfen würde. Er wollte sich gerade das Schlafgemach des Verblichenen vornehmen, als er Sonja seinen Namen rufen hörte.

»Auf den ersten Blick sieht alles nach typischem Erhängen ohne Fremdeinwirkung aus. Wie bei Lisa Schreiner. Das stinkt mir nach zu viel Übereinstimmung. Ich lasse den Toten sofort in die Gerichtsmedizin transportieren und nehme dort eine umfassende Obduktion vor. Vielleicht finde ich ja diesmal etwas. Kümmere du dich bitte um die Anordnung vom Staatsanwalt. Ich halte dich auf dem Laufenden.«

Der Leiter der Ermittlungsgruppe Leib und Leben bedankte sich und nahm seine Hausdurchsuchung wieder auf.

Thomas Handlers Schlafzimmer wurde von einem Fernseher dominiert, der annähernd die Größe der Kinoleinwand im kleinsten Saal des Geidorfkinos aufwies. Neben einem Wasserbett, einer Kommode und einem Spiegelschrank befand sich auch noch ein Spin Bike im Raum, das jedem Fitnessstudio Ehre gemacht hätte. Markenkleidung, vorwiegend in Weiß und Pastelltönen, einige Bücher über Orthomolekularmedizin, Ernährung und Fitness, an der Wand eine Aktzeichnung sowie ein Foto des Verstorbenen auf einem Segelboot, mehr enthüllte das Schlafgemach nicht über seinen Bewohner.

»Passt zum Bild des arroganten, selbstverliebten Schnösels«, murmelte Sepp Semper. Nichts Überraschendes. Blieb also nur noch die Hoffnung, dass sich der Laptop als auskunftsfreudiger erweisen würde.

Markus Steiner war unterdessen mit der Befragung von Irene Handler fertig geworden und kündigte an, sich nun bei den Nachbarn umhören zu wollen.

»Viel Hoffnung mache ich mir nicht, da das gesamte Grundstück von einer mindestens zwei Meter hohen Hecke umschlossen ist. Aber möglicherweise ist jemandem eine verdächtige Person aufgefallen, die nicht in die Gegend gehört. Diese Reichen-Wohnviertel sind ja eh fast wie Gettos. Vielleicht erwische ich auch jemanden am richtigen Fuß, und er ist bereit, die Schmutzwäsche der Handlers auszubreiten.«

Gerade wollte Semper ihn für diese Eigeninitiative loben, als sein unbeliebter Mitarbeiter hinzufügte: »So wie die Witwe ausschaut, hätte ich übrigens kein Problem, sie zu trösten.«

»Ich war eben geneigt, Ihnen zuzugestehen, dass Sie kein komplettes Rindvieh sind, aber Sie haben mich soeben vom Gegenteil überzeugt. Sehen Sie zu, dass Sie aus meinen Augen verschwinden und sich an die Arbeit machen. Ich erwarte Ihren Bericht morgen um neun im Präsidium.«

Der Chefinspektor erachtete es als zielführend, selbst noch ein paar Fragen an Irene Handler zu richten. Er fand sie an der Küchentheke, wo sie sich gerade einen großzügig bemessenen Whiskey einschenkte.

»Das brauche ich jetzt. Wollen Sie auch einen?«

Er verneinte und sprach ihr sein aufrichtiges Beileid aus. Ihren unfokussiert durch den Raum wandernden Augen war anzusehen, dass das Ganze sie deutlich mehr mitnahm, als es auf den ersten Blick den Anschein hatte.

»Frau Handler, können Sie mir bitte einfach erzählen, was für ein Mensch Ihr Mann so war?«

Sie sah ihn zunächst überrascht an. Bevor sie mit ihrer Schilderung begann, nahm sie noch einen ausgiebigen Schluck aus dem Kristallglas.

»Thomas war zielstrebig, ehrgeizig und verlässlich. Was die Firma betrifft, war er ein Visionär und ausgezeichneter Netzwerker. Er hatte ein untrügliches Gespür dafür, welche Produkte am Markt nachgefragt wurden. Er liebte klassische Musik, und was unsere Ehe anbelangt, waren wir ein gutes Team. Wir führten quasi eine offene Beziehung. Uns verband weit Wertvolleres als sexuelle Treue. Zwischen uns herrschte eine tiefe Freundschaft. Wir hatten die gleichen Ziele im Leben und unterstützten einander.« Nur ein klitzekleines Beben in ihrer Stimme erzählte dem geübten Ohr des Chefinspektors von ihrem inneren Aufruhr.

»War er in letzter Zeit verändert? Gab es irgendwelche Anzeichen, irgendwelche Gründe für einen Selbstmord?«

Irene Handler schüttelte entschieden den Kopf.

»Die Geschäfte liefen prächtig. Thomas war ein Macher, er liebte Herausforderungen, und er liebte das Leben.«

»Wenn es Mord war, fällt Ihnen irgendjemand ein, der ein Motiv haben könnte? Hatte Ihr Mann mit jemandem Streit?«

Wieder schüttelte sie den Kopf. »Die Sache Kranzbauer

liegt ja schon einige Zeit zurück. Der Witwer hat ihn zwar einmal telefonisch beschimpft, aber danach hat es keine weiteren Zwischenfälle gegeben. Gewisse Ärzte und Onlineforen waren zwar nicht gut auf AgiloLife zu sprechen, aber um mehr als unterschiedliche therapeutische Ansichten ging es da auch nie.«

»Wussten Sie, dass Hermann Kranzbauer Ihrem Mann auch einmal bei der Firma aufgelauert hat?«

»Nein, davon hat Thomas mir nichts erzählt.« Ihr erstaunter Gesichtsausdruck wirkte absolut echt.

»Könnte es sein, dass er Sie nicht beunruhigen wollte, dass es aber weitere Zwischenfälle gegeben hat?«

»Keine Ahnung.«

»Eine letzte Frage noch. Kommt Ihnen der Strick bekannt vor? Hatten Sie ein derartiges Polyesterseil im Haus?«

»Mir ist nichts bekannt.« Sie strich sich eine Haarsträhne aus der Stirn und wirkte mit einem Mal verletzlich und erschöpft. »Entschuldigen Sie, aber wenn Sie keine weiteren dringenden Fragen haben, würde ich mich jetzt gerne hinlegen.«

Es geht los

Die nächtliche Befragung der Nachbarn hatte erwartungsgemäß nichts Verwertbares ergeben. Keine Schmutzwäsche, keine Beobachtungen, keine verdächtigen Personen, die in der Gegend aufgefallen waren. Seitens der SpuSi gab es bis dato null Hinweise auf ein gewaltsames Eindringen, die großräumige Untersuchung des Tatortes war noch im Gange. Von der Hoffnung auf Fußspuren konnten sie sich aufgrund des gefrorenen Bodens schon mal verabschieden. Auch Sonja Adelmanns Obduktionsergebnisse standen noch aus. Sepp Semper wusste, dass sie beinahe die ganze Nacht durchgearbeitet hatte. Für ihn war nun der Zeitpunkt gekommen, den Rest des Teams über die Resultate seiner Ermittlungen in Eigenregie zu unterrichten.

Christoph Leitner, der eigentlich seinen freien Sonntag genießen sollte, war sofort zur Truppe gestoßen, nachdem sein Chef ihn über die neuesten Entwicklungen informiert hatte. Obwohl er sich jegliche Äußerung verkniff, ließ sein säuerlicher Gesichtsausdruck keinen Zweifel daran, wie er über Sempers Solo-Aktionen dachte. Damit schien er auch nicht allein zu sein. Erst als der Chefinspektor Sonja Adelmanns Spekulationen über die Burking-Methode mit seinem Team teilte, änderte sich die Stimmung. Mit einem Mal war das Büro erfüllt von jenem aufgeregten und gleichzeitig methodischen Tatendrang, den Sepp Semper so liebte.

»Warum hast du uns nichts gesagt? Wir hätten dich doch unterstützen können«, sprach Peter Liebisch schließlich aus, was die Mehrheit im Team dachte. Die Gekränktheit in seiner Stimme war unüberhörbar.

»Die Ermittlungen wurden offiziell eingestellt. Ich hatte kein Recht, euch da hineinzuziehen. Noch dazu, da ich nicht einmal sicher sein konnte, dass es sich tatsächlich um Mord handelte. Bitte seht das nicht als Ausdruck mangelnden Vertrauens meinerseits.«

In dem Moment betrat die Gerichtsmedizinerin das Büro. Obwohl ihre Augen von der eingelegten Nachtschicht gerötet waren, war in ihnen ein Funkeln, das dem Chefinspektor sofort verriet, dass sie etwas gefunden hatte. Mit einem Schlag war es mucksmäuschenstill im Raum, und sämtliche Augenpaare richteten sich hoffnungsvoll auf Sonja Adelmann.

»Ich habe Spuren von γ-Butyrolacton gefunden, besser bekannt als K.-o.-Tropfen«, kam sie ohne Umschweife zur Sache.

»Die Substanz ist nur für circa sechs Stunden im Blut nachweisbar. Wir hatten Glück, dass ich den Leichnam so zeitnah obduzieren konnte.«

»Das heißt, wir haben jetzt offiziell eine Mordermittlung«, brachte es Christoph Leitner auf den Punkt.

Sonjas Zustimmung ging bereits in der lauten Geschäftigkeit unter, die ihr Bericht ausgelöst hatte. Sepp Semper schaffte es gerade noch, sich bei ihr zu bedanken, bevor er in den Energiestrudel hineingezogen wurde.

»Ich schau, was Internet und unsere Datenbank über Hermann Kranzbauer ausspucken.«

»Ich knöpf mir Laptop und Handy von Thomas Handler vor. Außerdem versuche ich, die Fingerabdrücke aus der Wohnung von Lisa Schreiner mit den Besuchern abzugleichen, von denen ihre Mitbewohnerin wusste. Und natürlich vergleiche ich die Fingerabdrücke beider Tatorte, sobald ich die aus dem Haus der Handlers bekomme.«

»Ich kontaktiere das SpuSi-Team vor Ort. Jetzt wissen wir ja, wonach sie suchen sollen.«

»Perfekt. Christoph, du und ich fahren zu Hermann Kranzbauer. Nach diesen Entwicklungen ist er unser Hauptverdächtiger. Wir sollten ihn in die Mangel nehmen. Herr Steiner, besorgen Sie bitte sämtliche Behandlungsaufzeichnungen, die Sie bei der AgiloLife finden können. Dr. Orgelspiel ist der Firmenanwalt. Befragen Sie ihn, ob es abgesehen von Petra Kranzbauer sonst noch irgendwelche kritischen Vorfälle gab. Außerdem will ich wissen, wer das Unternehmen erbt.«

Meine Wunden sind offen

»Sie schon wieder. Und diesmal mit Verstärkung, wie ich sehe. Was wollen Sie noch von mir?«

Es war schwer zu sagen, ob in Hermann Kranzbauers Stimmlage mehr Feindseligkeit oder mehr Resignation mitschwang. Eigentlich war das auch egal, entschied Sepp Semper und beschloss, gleich ans Eingemachte zu gehen.

»Thomas Handler wurde letzte Nacht ermordet. Wo waren Sie gestern zwischen siebzehn Uhr dreißig und neunzehn Uhr dreißig?«

»Was sagen Sie da?«

Der Chefinspektor ließ sich durch die zur Schau gestellte Überraschung nicht ablenken.

»Sie haben mich schon verstanden. Wo waren Sie?«

»Hier. Und nein, es gibt keine Zeugen, ich war allein.«

»Herr Kranzbauer«, schaltete sich Christoph Leitner ein, »Lisa Schreiner und Thomas Handler, die Sie für den Tod Ihrer Frau verantwortlich machen, wurden beide innerhalb von fünf Tagen ermordet. Welche Schlüsse würden Sie an unserer Stelle daraus ziehen?«

Der Verhörte blickte ihn eine Weile unbewegt an, bevor er mit einem trotzigen Lachen entgegnete: »Dass Gott am Ende offenbar doch für Gerechtigkeit sorgt.«

»Ihnen ist hoffentlich klar, dass Sie mit solchen Aussagen nicht gerade dazu beitragen, die schwerwiegenden Verdachtsmomente gegen Sie zu zerstreuen.«

Kranzbauer zuckte nur mit den Schultern, und Semper begriff, dass das Gefängnis für ihn keinerlei Schrecken barg. Das Ableben seiner Frau war für sein Gegenüber ein Schicksalsschlag gewesen, von dem er sich nie mehr erholen würde. Sein Lebensmut war gebrochen. Er empfand Mitleid, war sich aber gleichzeitig bewusst, dass gerade dieser Fatalismus Hermann Kranzbauer zum Mörder gemacht haben könnte.

»Sie haben nichts mehr zu verlieren, nicht wahr?«, fragte der Ermittlungsleiter mit leiser, verständnisvoller Stimme.

Er konnte den Puls am schlampig rasierten Hals des Witwers sehen, zählte sechs Schläge, während dieser ihn einfach nur anstarrte und schließlich blinzelte, um den glasigen Film, der sich über seine Augen gelegt hatte, loszuwerden.

»Herr Kranzbauer, haben Sie Lisa Schreiner und Thomas Handler umgebracht, um den Tod Ihrer Frau zu rächen?«

Da die Antwort ausblieb, setzte er nach: »Glauben Sie mir, ein Geständnis wird Sie erleichtern. Mit etwas Glück wird der Richter auch mildernde Umstände berücksichtigen.«

Er sah, wie sich die Züge seines Gegenübers verhärteten und sich dessen Schultern strafften. Da war er, der gefürchtete Schutzpanzer. In dem Moment wusste Sepp Semper, dass er kein Geständnis bekommen würde.

Sein Kollege war offenbar zur selben Schlussfolgerung gekommen und bestellte den Verdächtigen für den nächsten Vormittag aufs Präsidium, um dessen offizielle Aussage aufzunehmen.

»Was meinst du?«, fragte der Chefinspektor, als sie wieder im Auto saßen.

Christoph Leitner untermalte seine Gedankengänge durch konzentriertes Kauen auf seiner Unterlippe. Irgendwann würde er diese wund knabbern, fürchtete Semper. Aber auch diesmal kam die Antwort seines Kollegen rechtzeitig genug, um zu verhindern, dass dessen blassrosa Lippen durch Blut rot gefärbt wurden.

»Er hat ein starkes Motiv und kein Alibi. Auch vom Körperbau her könnte er Lisa Schreiner durch Burking betäubt und dann erhängt haben. Und wenn er Thomas Handler direkt vor der Brüstung gezwungen hat, die K.-o.-Tropfen zu nehmen, sollte es für ihn nicht allzu schwer gewesen sein, ihn vom Geländer zu hängen und so einen Selbstmord vorzutäuschen. Möglichkeit gegeben, Motiv gegeben, eigentlich spricht alles für ihn als Täter.«

»Aber?«

»Aber mein Bauchgefühl sagt Nein.« Und mit einem Seitenblick auf seinen Vorgesetzten fügte er hinzu: »Auch wenn du jetzt gleich sagen wirst, dass ein guter Ermittler stets der Beweiskette folgt und nicht irgendwelchen vagen Ahnungen.«

»Das kommt ganz darauf an, wie vage diese Ahnungen sind.«

Sie brauchten einander nicht anzuschauen, um zu wissen, dass ihre Gesichter von einem Synchrongrinsen erhellt waren.

»Also, woher kommt dein Bauchgefühl?«

Wieder musste Semper um die Unterlippe seines Kollegen bangen, bevor dieser schließlich verlautete: »Petra Kranzbauer ist jetzt über zwei Jahre tot. Warum so lange warten?«

»Weil sich Trauer und Ohnmachtsgefühl über die Zeit aufgeschaukelt haben und zunehmend unerträglicher wurden?«

»Möglich. Das würde auch erklären, warum die Tat an Thomas Handler nicht im Affekt verübt wurde. Der Täter hat seine Gewohnheiten beobachtet, auf den geeigneten Zeitpunkt gewartet und K.-o.-Tropfen mitgebracht. Das war eindeutig geplant. Der Mord an Lisa wirkt dagegen eher wie eine Kurzschlusshandlung auf mich. Das Risiko, dass Lenka Kovac auftauchen würde, war einfach zu hoch. Das passt nicht zusammen.«

»Du hast recht. Was sagt uns das?«

Ein unheilschwangeres Schweigen breitete sich aus, bevor Christoph ihrer beider Befürchtungen auf den Punkt brachte: »Der Täter hat Gefallen an der Sache gefunden.«

»Du meinst, sein Rachefeldzug ist noch nicht beendet?«

»Nein.«

»Wenn Hermann Kranzbauer unser Mörder ist, dann ist auf jeden Fall noch der Firmenanwalt in Gefahr. Wir müssen ihn warnen und herausfinden, welche Personen sonst noch in die Geschichte verwickelt waren.«

»Du glaubst also, dass er es war?«

Semper schüttelte den Kopf. »Nein, aber wir können kein Risiko eingehen, Christoph. Auch wenn mein Bauchgefühl mit deinem übereinstimmt.«

Er

Er hatte beschlossen, den Zufall entscheiden zu lassen, wer von seiner Liste das nächste Opfer sein würde. Das Kribbeln in der Magengegend, als er eines der Papierröllchen aus der steinernen Schale zog und entfaltete, war elektrisierend. Als er den Namen las, steigerte sich seine Aufregung zu Euphorie. Eine der besonders giftigen Schlangen. Noch dazu diejenige, die sein Blut aus persönlichen Gründen am meisten zum Sieden brachte. Er konnte sich des Gefühls nicht erwehren, dass die Hand Gottes die seine beim Ziehen des Opfernamens geführt hatte. Der Herr gönnte seinem ergebenen Diener die süße Frucht der persönlichen Rache. Jetzt brauchte er nur noch eine gut durchdachte Strategie, denn die Annäherung an diese Viper stellte eine gewisse Herausforderung dar.

Nach fünf Minuten Internetrecherche konnte er sein Glück kaum fassen. Der Popstar unter den Kur- und Seelenpfuschern gab am kommenden Wochenende ein Heimspiel in der Grazer Stadthalle und kehrte mit einem zweitägigen Seminar, das den Schlüssel zu Glück und Erfüllung versprach, in seine Geburtsstadt zurück. Er musste tief in die Tasche greifen, denn die erschwinglicheren Kategorien waren bereits ausverkauft. Egal, dafür eröffnete ihm sein Platin-Ticket Zugang zum VIP-Raum inklusive Meet and Greet mit dem Guru. Der liebe Gott war eindeutig auf seiner Seite.

»Ich bin dein Schwert, Herr. Führe mich in deinem Kampf gegen das Böse.«

Ermittlungswalzer

Im Laufe des Nachmittags trudelten sämtliche Mitglieder der Ermittlungseinheit Leib und Leben zur Berichterstattung und Koordination der weiteren Vorgangsweise im LKA ein. Zwar füllte sich die Pinnwand mit Kärtchen, bahnbrechende Erkenntnisse fanden sich darunter allerdings keine. Markus Steiner war dabei, die Aufzeichnungen von AgiloLife zu durchforsten, hatte jedoch bisher keine weiteren medizinischen Zwischenfälle gefunden.

»Dr. Orgelspiel hat den Tod Petra Kranzbauers als tragischen Einzelfall bezeichnet und ausdrücklich die Unschuld von AgiloLife betont. Eine mögliche Gefahr für seine Person hat er empört von sich gewiesen. Irene Handler ist übrigens die Alleinerbin, aber das war ja auch zu erwarten.«

Vier der sechs Fingerabdrücke aus Lisas Wohnung konnten anhand der von Lenka Kovac erstellten Besucherliste ihren Verursachern zugeordnet werden. Zwei davon hatten ein hieb- und stichfestes Alibi. Von den verbleibenden zweien schied eine Kollegin aus dem Club Anonym aufgrund ihrer Zierlichkeit als Tatverdächtige aus. Damit wanderte der Clubinhaber auf die Liste der möglichen Täter. Sepp Semper und Christoph Leitner würden ihn sich später vorknöpfen.

Weder Laptop noch Handy von Thomas Handler lieferten etwas, woran sie sich festkrallen konnten.

»Ich habe absolut nichts gefunden, das auf einen jüngeren Kontakt zwischen dem Ermordeten und Hermann Kranzbauer hindeutet. Auch keine Drohnachrichten von anderen Personen«, berichtete Roswitha und blickte entschuldigend in die Runde. Immerhin hatte das SpuSi-Team Spuren sichergestellt, die den Schluss zuließen, dass Thomas Handlers Mörder über die Garage ins Haus gelangt war. Irene Handler hatte zudem zu Protokoll gegeben, dass das Gartentor nur geschlossen war, wenn sie beide unterwegs waren oder am Abend, nachdem keiner von ihnen mehr vorhatte, das Haus zu verlassen.

»Erhängt wurde das Opfer mit einem acht Millimeter starken Polypropylen-Seil, kann man in jedem Baumarkt kaufen. Keine übereinstimmenden Fingerabdrücke von den beiden Tatorten. Mehr haben wir derzeit leider nicht zu bieten«, fasste der Leiter der Spurensicherung die Ergebnisse zusammen.

Peter Liebisch hatte Hermann Kranzbauers Daten durch die Polizeidatenbank gejagt, konnte aber ebenfalls nur Fehlanzeige vermelden. »Ich mache mich gleich daran, das Internet nach Hinweisen zu durchforsten«, ließ er seinen Chef wissen.

Mehr konnten sie im Moment nicht tun. Christoph hob seinen Autoschlüssel in die Höhe und warf Semper einen fragenden Blick zu, den dieser mit einem knappen Nicken beantwortete.

An einem Sonntag kurz nach sechzehn Uhr war im Club Anonym wenig los. Der Barkeeper polierte Gläser und deutete ihnen mit einer Kopfbewegung die Richtung zu Klaus Bredenfelds Büro an. Einige Mädchen spielten gelangweilt mit ihren Handys, und eine Tänzerin übte an der Stange gerade einen Russian Layback, eine Kopfüber-Position, die die Ermittler an den Gesetzen der Schwerkraft zweifeln ließ. Im LED-Licht einer rotierenden Discokugel hakte sie aus einer Grätsche ihre rechte Kniekehle ein, kreuzte ihr linkes Bein darüber und umklammerte die Pole-Dance-

Stange mit dessen Fußrücken. Mit angehaltenem Atem beobachteten Sepp Semper und Christoph Leitner, wie sie nun ihren Oberkörper nach hinten fallen ließ, mit ihren wohlgeformten Armen über ihren Kopf griff und sich von der Stange weg in ein Hohlkreuz drückte.

Der Raum, der dem Inhaber des Club Anonym als Arbeitsplatz diente, befand sich am Ende eines Flurs hinter der Bühne, neben der Umkleide für die Tänzerinnen. Hier war von der schummrigen, plüsch- und ledertrunkenen Nachtclubatmosphäre nichts mehr zu spüren. Der Mann hinter dem ordentlich organisierten Schreibtisch, der gerade mit geschickten Fingern auf einem MacBook tippte, entsprach so gar nicht dem gängigen Klischee des Bordellbetreibers. Keine Goldkettchen, keine Tattoos, keine Schmalzhaare. Stattdessen ein gut geschnittener Anzug und ein freundliches Gesicht, aus dem zwei kluge Augen hervorblitzten. Er bot dem Ermittlerduo zwei bequem gepolsterte Stühle und Kaffee aus einer Nespresso-Maschine an, den sie nach der langen Nacht nur zu gerne annahmen.

»Lisa wurde also ermordet«, resümierte er, nachdem sie den Grund für ihr Kommen erklärt hatten. »Ehrlich gesagt hätte mich ein Selbstmord auch überrascht. Sie war nicht der Typ dafür. Keine Drogen, bodenständig, und auch von finanziellen Schwierigkeiten oder Troubles mit Männern war mir nichts bekannt.«

Auf die Frage, wann er Lisa das letzte Mal gesehen habe, gab er an, sie am Vortag ihres Todes besucht zu haben, um mit ihr abseits des Geschäftes zu plaudern.

»Gab es einen besonderen Anlass dafür?« Christophs Tonfall und hochgezogene Brauen machten deutlich, dass er Schwierigkeiten mit der Vorstellung hatte, der Clubbesitzer hätte Lisa eine gänzlich absichtslose Aufwartung in ihrer Privatwohnung gemacht.

»Wissen Sie, das ist Teil meines Erfolgsrezeptes. Dadurch

haben die Mädchen nicht das Gefühl, dass sie mir egal sind. Außerdem bekomme ich so einen guten Überblick über die Stimmung in der Truppe und schnappe rechtzeitig auf, wenn irgendwas aus dem Ruder zu laufen droht. Die Clubmiete beträgt sechsundzwanzigtausend Euro pro Monat, von den Mädels kassiere ich hundertfünfzig Euro Zimmermiete pro Tag, da kann ich es mir nicht leisten, dass eine von ihnen nicht auf Schiene läuft.«

»Und, was hat Lisa Ihnen bei Ihrem Besuch erzählt?«, wollte Semper nun wissen.

»Ich weiß, dass sie und Lenka von einem eigenen kleinen Café träumten. Lisa hoffte, schon in einem Jahr das nötige Startkapital zusammenzuhaben, und sie hat mich gebeten, mich umzuhören, ob in der Innenstadt interessante Objekte frei werden.«

»Wie standen Sie zu diesen Plänen?«

»Ich habe den beiden selbstverständlich meine Unterstützung zugesagt. Ich freue mich, wenn meine Mädchen irgendwann den erfolgreichen Ausstieg schaffen. Das ist auch gut für das Image unserer Branche. Und Nachschub gibt es genug, gerade weil mein Club den Ruf hat, die Ladys gut zu behandeln. Ich sorge für ihre Sicherheit in diesen vier Wänden, und Zuhälter dulde ich auch keine. Wenn ich mitkriege, dass eine ihr hier verdientes Geld an einen Typen abliefert, setze ich sie vor die Tür.«

Sein Lächeln war sympathisch, frei von jeglicher Selbstgefälligkeit.

»Gab es sonst irgendetwas, das Ihnen aufgefallen ist? Eine Kleinigkeit, die Lisa erwähnt hat, irgendetwas, das ihr Sorgen bereitet hat?«

Die beiden Ermittler hielten simultan die Luft an, während Klaus Bredenfeld die in seinen Gehirnwindungen abgelegten Erinnerungsfragmente durchforstete.

»Diese unglückliche Geschichte mit den Nährstoffpillen.

Lisa hat erwähnt, dass irgendjemand gegen die Geschäftspraktiken der Firma vorgehen wollte, aber dass die Sache für sie endlich abgeschlossen war.«

»Hat sie einen Namen erwähnt?« Eine hoffnungsvolle Frage, synchron abgefeuert aus zwei Mündern. Doch die beiden Ermittler, die sich kerzengerade in ihren Stühlen aufgerichtet hatten, wurden enttäuscht. Klaus Bredenfelds Informationsvorrat war erschöpft. Er begleitete seine Gäste persönlich zum Ausgang und verabschiedete sie mit einem kräftigen Händedruck.

»Tut mir leid, wenn ich Ihnen keine große Hilfe bin. Ich hoffe nur, Sie finden das Schwein bald.«

Ein Anruf bei Lenka Kovac verifizierte, dass es für den Betreiber des Club Anonym keinesfalls ungewöhnlich war, den Prostituierten einen quasifamiliären Besuch abzustatten. Auch seine Aussage, dass er die beiden Freundinnen bei der Verwirklichung ihres Traums vom Innenstadtcafé unterstützt habe, konnte sie nur bekräftigen. Zwar hatte Klaus Bredenfeld für die Tatzeit kein Alibi vorzuweisen, Sepp Semper und Christoph Leitner waren sich jedoch einig, dass seine Beteiligung an Lisas Tod höchst unwahrscheinlich war.

»Alle Fäden laufen bei AgiloLife zusammen, was uns wieder zu Hermann Kranzbauer bringt.« Der Chefinspektor musste sich eingestehen, dass diese Folgerung absolut schlüssig war, auch wenn sie quer zum Bauchgefühl der beiden Ermittler verlief. Das ließ ihnen keine andere Wahl, als den für den nächsten Tag vorgeladenen Witwer ordentlich in die Mangel zu nehmen.

Wie alle Vernehmungsräume der Welt war auch der des LKA Steiermark karg und ungemütlich. Unbequeme Stühle und eine schmucklose Lampe, die ein kaltes weiß-bläuliches Licht verströmte, signalisierten, dass hier keine Plauderstündchen abgehalten wurden. Christoph Leitner aktivierte die Aufnahmefunktion seines Handys.

»Montag, 9. Dezember 2021, zehn Uhr sieben. Verhör in den Mordfällen Lisa Schreiner und Thomas Handler. Das Verhör wird geführt von Chefinspektor Sepp Semper und Abteilungsinspektor Christoph Leitner.«

Er platzierte das Telefon in der Mitte des billigen weißen Spanplattentisches, an dem ihnen Hermann Kranzbauer mit hängenden Schultern gegenübersaß.

»Nennen Sie bitte Ihren Namen, Ihr Geburtsdatum und Ihre Wohnadresse.«

Der Verdächtige kam der Aufforderung gefügsam nach. Aus seiner Stimme waren jeglicher Kampfgeist sowie der letzte Rest von Vitalität gewichen. Nachdem sie Hermann Kranzbauer nochmals auf sein Schweigerecht und sein Recht auf einen Anwalt aufmerksam gemacht und nur ein Kopfschütteln geerntet hatten, wechselten sich Semper und sein Kollege beim Verhör ab. Sie probierten es auf die empathische Tour, versuchten, den Verdächtigen zu überzeugen, dass ein Geständnis zu seinem Besten sei, und zeigten Verständnis für die emotionale Ausnahmesituation, in der er sich durch den abwendbaren Tod seiner Frau befand. Dann kam die Zermürbungstaktik. Immer die gleichen Fragen. Die wiederholte Aufforderung, seine Empfindungen nach dem Tod seiner Frau sowie seinen Tagesablauf an den beiden Morddaten zu schildern. Bis ihm Tränen der Verzweiflung in den erschöpften Augen standen. Alles umsonst.

»Ich habe weder mit dem Tod von Lisa Schreiner noch mit dem von Thomas Handler etwas zu tun. Ich kann nicht mehr. Bitte, glauben Sie mir«, blieb Herrmann Kranzbauer bei seiner Unschuldsbeteuerung, auch wenn er aus seinem Hass auf die beiden Mordopfer keinen Hehl machte. Sie glaubten ihm.

»Was jetzt?« Zwei Worte, zwei Silben, die sich unter der Last von Christoph Leitners Frust und Ratlosigkeit nur mühsam über dessen Lippen bewegten.

Als Antwort kam bloß ein resigniertes Schulterzucken des Chefinspektors.

»Wir drehen uns im Kreis. Was übersehen wir, Christoph?«

»Den Sohn von Hermann Kranzbauer? Er hat immerhin seine Mutter verloren, hätte somit ein gleichwertiges Motiv.«

Sonderlich überzeugt klang es nicht, aber sie durften keine Möglichkeit auslassen, immerhin hatten sie es mit einem Doppelmord zu tun. Auch wenn er sich nichts davon versprach, setzte Semper Markus Steiner darauf an, Horst Kranzbauer aufzuspüren und sein Treiben zu den Tatzeiten zu überprüfen.

Die Geister verkaufen Erinnerungen

Die Bäume am Grazer Zentralfriedhof verhüllten ihre winterliche Nacktheit unter unschuldig weißen Raureif-Hemdchen. Ein Heer aus schwarzen Lackschuhen bahnte sich knirschend seinen Weg in die Kirche aus roten Backsteinen und anschließend vorbei an gotischen Wegkapellchen, monumentalen Grabanlagen und Reihen steingewordener Erinnerungen an verloschene Existenzen. Sepp Semper hatte sich den Tag freigenommen. Die Antriebsräder der Ermittlungen waren momentan ohnehin festgefahren, drehten im Schlamm aus Spekulationen, verschwommenen Motiven und fehlenden handfesten Beweisen durch.

Er stand neben Lisas Eltern, und in seinem Kopf mischte sich die Gegenwart mit Erinnerungen an Christas Beerdigung zu einem Einheitsbrei aus Trostlosigkeit. Sein Blick wanderte vom frisch ausgehobenen Erdschlund, der den Eichensarg verschlingen würde, zum Strauß weißer Lilien, den er als Grabbeigabe mitgebracht hatte. Die Wahl war ihm passend erschienen, ein Symbol für die unschuldige Freundschaft, die sie verbunden hatte, sowie Lisas unbefangenes Gemüt.

Doch während sich im Mund des Priesters Asche zu Asche und Staub zu Staub wandelten, mutierten die Lilien in seinem Kopf vom Sinnbild der Unschuld zum Brandzeichen, mit dem in Frankreich Gesetzesbrecher stigmatisiert worden waren. Obwohl es nicht mit Absicht geschehen war und Lisa gegen keinen Paragrafen verstoßen hatte, hatte sie ein Menschenleben auf dem Gewissen. Angenommen, sie wäre noch unter den Lebenden gewandelt und sie hätten sich wiedergesehen, hätte er ihr diese Geschichte so leicht vergeben und ihre Freundschaft nahtlos fortführen können? Was geschehen war, konnte man nicht einfach einer unglücklichen Fügung des Schicksals zuschreiben. Mit ihrer esoterischen Verblendung und ihrem Geltungsdrang trug sie Verantwortung an dem Tod von Petra und dem Schmerz von Hermann Kranzbauer. Aus seiner Sicht war es ein eklatantes Versäumnis des Gesetzgebers, derartiges Verhalten nicht zu kriminalisieren. Er erinnerte sich an sein Jusstudium und John Stewart Mill, der die Grenzen der persönlichen Entfaltungsfreiheit dort gesehen hatte, wo der Gesellschaft Schaden entstand. Wenn es nach Sepp Semper gegangen wäre, hätte der Staat der Eso-Mafia schleunigst Einhalt gebieten müssen.

»Lisa war nicht nur Täterin, sondern auch Opfer. Geh nicht zu hart mit ihr ins Gericht. Außerdem war sie in dich verliebt.« Christas Worte in seinem Kopf rissen ihn genau in dem Moment aus seiner Grübelei, als der Pfarrer von Gottes Barmherzigkeit und Bereitschaft zur Vergebung sprach.

Wenig später warf Semper dem abgesenkten Sarg die weißen Lilien hinterher und murmelte: »Mögest du den Frieden finden, dem du dein ganzes Leben lang hinterhergerannt bist.« Da er der Tradition des Leichenschmauses wenig abgewinnen konnte, verabschiedete er sich von Lisas Eltern und versprach, sie ehestmöglich zu besuchen.

Sein gefrorener Atem belegte den Schal, den er sich um Mund und Nase gewickelt hatte, mit einer hauchdünnen Eisschicht. Er fröstelte, trotzdem lenkte er seine Schritte auf dem mehr als sechseinhalb Kilometer umspannenden Weggeflecht Richtung Christas Grab. Er benötigte dringend ihren Rat. Immergrün, Teppich-Zwergmispel und Besenheide waren auf dem Marmorstein in eine wilde Umarmung verschlungen. Dazwischen thronten ein paar größere, interessant gemaserte Kieselsteine, die er von seinen Strandurlauben in Kroatien mitgebracht hatte. Das passte. So ordentlich Christa im Haushalt gewesen war, so sehr hatte sie im Garten einen bunten Wildwuchs geliebt.

Sepp Semper entzündete ein Grablicht, das er vorsorglich vom Automaten am Friedhofseingang besorgt hatte, und platzierte es auf dem schmalen Sockel. Beten war nicht seins, dafür fehlte ihm der Glaube an einen Gott. Die Existenz einer universellen Energie als Grundbaustein des Kosmos war für ihn hingegen genauso einleuchtend wie die Tatsache, dass alles Leben wieder zu dieser kleinsten Naturkonstante zerfiel. Gemäß dem Prinzip der Erhaltung der Energie konnte nichts verloren gehen, weshalb er sich nach wie vor mit Christa unterhalten konnte.

»Ich komme ohne dich mal wieder nicht weiter«, eröffnete er die Unterhaltung. »Was übersehe ich, Christa?«

»Lisa und AgiloLife sind nicht das zentrale Glied in dieser Geschichte. Du musst dich von der Person lösen, das größere Thema finden, Sepp.«

Der Ermittlungsleiter arrangierte ein paar Steine neu, während er die unausgesprochenen Worte auf sich wirken ließ. Es ergab Sinn. Er wusste nur noch nicht genau, wie.

»Übrigens, wie kommst du darauf, dass Lisa in mich verliebt war?«, wollte er nun wissen.

»Weil in so einer platonischen Freundschaft fast immer die sexuelle Anziehung dazwischenfunkt. Meist beim Mann. Bei euch war es eben umgekehrt. Wärst du in dieser Hinsicht nicht so blind, hättest du Lisas Gefühle bemerkt.« Beim letzten Satz vermeinte er, Christas helles Lachen, das ihn immer an einen glucksenden Bach erinnert hatte, zu hören.

»Du fehlst mir«, flüsterte er. Ein jäher Windstoß nahm seine Liebeserklärung auf und trug sie fort in die Weite des Winterhimmels.

Mit zügigen Schritten marschierte Sepp Semper Richtung Friedhofstor, die Hände gegen die Bisse der Winterkälte vor der Brust gekreuzt. Seine Gedanken kreisten noch um das Gespräch mit Christa, weshalb er die gebückte Gestalt zwei Grabreihen weiter beinahe übersehen hätte. Der klobige Körperbau und die Art, wie Schultern und Kopf von der Schwere des Kummers nach unten gedrückt wurden, veranlassten jedoch einige Synapsen dazu, Botenstoffe freizusetzen, die seinem Gehirn den Namen »Hermann Kranzbauer« übermittelten. Er hielt inne und beobachtete für einige Augenblicke den Witwer, der in seiner Reglosigkeit einer allegorischen Trauerskulptur glich, bevor er auf ihn zuging.

Ein jähes Zucken durchfuhr den Körper des Mannes, als die Grußworte des Chefinspektors ihn aus seiner Versteinerung holten. Hermann Kranzbauer bückte sich, strich mit der Hand über ein herzförmiges Gesteck und murmelte: »Heute ist ihr Geburtstag, sie wäre fünfundvierzig geworden.« Nachdem er sich wieder aufgerichtet hatte, nickte er dem Ermittler knapp zu und verschwand ohne ein weiteres Wort in der Weitläufigkeit des Wegnetzes, das die letzten Ruhestätten der rund dreißigtausend Bestatteten umschlang. Sepp Semper betrachtete noch eine Weile den aus Moos, Tannenzapfen und Stechpalmenzweigen geformten Grabschmuck, dann trat auch er den Heimweg an.

An diesem Abend konnten weder die Wärme seiner Wohnung noch eine heiße Dusche oder die herzhafte Kürbissuppe, die er mit einem selbst gebackenen Polentabrot verzehrte, die Erstarrung vertreiben, die sich in seinen Gliedern und seinen Gedanken breitgemacht hatte. Immer wieder durchkreuzten Bilder von Lisas leblosem Körper, den schmerzgetrübten Augen ihrer Eltern und der gramgebeugten Gestalt Hermann Kranzbauers seine Überlegungen zu beiden Mordfällen. Als er sich eingestehen musste, dass der Weg durch das Labyrinth an Fakten und Vermutungen in seinem Kopf zunehmend verworrener statt klarer wurde, beschloss er entnervt, es für diesen Tag dabei bewenden zu lassen und sich stattdessen der weiteren Lektüre von »Der Meister und Margarita« hinzugeben. So würde er wenigstens herausfinden, wie es dem russischen Schriftsteller gelang, die einzelnen Handlungsstränge zu einem stimmigen Ganzen zu verweben.

Kleinkarierte Menschen

»Horst Kranzbauer hat ein Alibi, so wasserdicht wie die Goretex-Fahrradjacke vom Chef«, rekapitulierte Markus Steiner das Ergebnis seiner Nachforschungen. Der Sohn der verstorbenen Patientin leistete gerade seinen Grundwehrdienst in einer obersteirischen Kaserne.

»Als Lisa Schreiner ermordet worden ist, hatte er Ausgangssperre wegen Kiffens, und als der Mord an Thomas Handler passiert ist, hat er an einer Einsatzübung teilgenommen. Bergung eines in Bergnot geratenen Zivilisten. Zeugen dafür gibt es mehr als genug.«

Sepp Semper sah sich umgeben von müden Augenpaaren und spürte die Resignation, die in seinem Team wie Unkraut zu wuchern begann. Er musste sie vertilgen, bevor sich die Recherchen in ihren weitverzweigten Ausläufern verhedderten. Der Chefinspektor kannte die Truppe, wusste, dass konkrete Aufträge das wirksamste Mittel waren, um aufkommendem Ermittlungsblues den Garaus zu machen. Fünfzehn Minuten später war jeder seiner Mitarbeiter mit mindestens zwei Aufgaben versorgt.

»Es bleibt uns nichts anderes übrig, als sämtliche Tathergänge nochmals Stück für Stück aufzurollen, jeden Stein erneut umzudrehen. Irgendein Puzzleteil haben wir bisher übersehen, aber mit vereinten Kräften werden wir es finden.« Die Köpfe der Teammitglieder bewegten sich in einem synchronen Nicken, niemand klagte über das Arbeitspensum oder die Eintönigkeit der ausgefassten Agenden.

Nachdem Semper die routinemäßigen Ermittlungsarbeiten aufgeteilt hatte, bat er Christoph Leitner und Peter Liebisch zu sich.

»Wir müssen auch in Betracht ziehen, dass Lisa Schreiner und der Tod von Petra Kranzbauer nicht das Hauptthema dieser Sinfonie sind.«

»Wie meinst du das?« Christoph hatte die Frage gestellt, aber Peter schaute ihn gleichermaßen ratlos an.

»Was, wenn wir bisher nur dem Seitenthema Beachtung geschenkt haben, das zwar in einer verwandten Tonart geschrieben, aber eben nicht das Hauptthema ist?«

»Du meinst, wir haben bisher von ›Sympathy For The Devil‹ nur das ›Whoo-whoo‹ des Chores gehört und nicht gecheckt, dass der Samba-Rhythmus den Charakter des Songs ausmacht? Was ist dann das Grundthema dieses Falls? Esoterik? Sekten? Scharlatane?«

»Ich weiß es nicht, Christoph.«

Für einen Augenblick verharrte jeder der drei in seiner eigenen Gedankenwelt.

»Was ist mit den klassischen Mordmotiven? Kränkung, Habgier, Rache oder Liebe – womit haben wir es hier zu tun?«, brach Peter Liebisch schließlich das Schweigen.

»Der Mord an Thomas Handler war auf jeden Fall genau vorbereitet, keine Affekttat«, sinnierte Christoph Leitner. »Andererseits, jemanden an einem Seil aufzuknüpfen hat etwas von einer Hinrichtung und deutet auf starke Emotionen hin. Ich tippe auf Rache.«

»Klingt plausibel«, bestätige Semper die Schlussfolgerung seines Kollegen. »Allerdings geht es beim Geschäft mit Nahrungsergänzungsmitteln auch um viel Geld. Was ist, wenn wir komplett auf dem Holzweg sind und ein Konkurrent Thomas Handler beseitigt hat?«

»Warum dann der Mord an Lisa Schreiner? Nein, das passt nicht ins Bild. Außerdem ist anzunehmen, dass Irene Handler einen Geschäftsführer bestellen wird, der das

Unternehmen weiterführt. Das Konkurrenzproblem wäre damit also nicht gelöst.«

»Du hast recht, Peter«, nickte der Ermittlungsleiter. »Kannst du bitte Telefondaten, Mail-Verkehr und Internetspuren sämtlicher am Fall Beteiligten nochmals durchleuchten und schauen, ob du irgendwo ein Verbindungsglied findest? Und behalte dabei das Rachemotiv sowie die Themen Sekten, Esoterik und Kurpfuscherei im Auge.«

Der Technik-Kapazunder der Ermittlungseinheit Leib und Leben reckte zur Bestätigung seinen rechten Daumen in die Höhe und war auch schon durch die Tür verschwunden.

So ungehindert und ereignislos die Nachmittags- und Abendstunden durch die kosmische Sanduhr rieselten, sosehr schien der Ermittlungsverlauf mit Sandkörnern im Getriebe zu kämpfen zu haben. Am folgenden Donnerstag schien sich sogar die Kaffeemaschine mit dem Schaffenskrisen-Virus infiziert zu haben und spuckte das heiße Wasser nur widerwillig fauchend in die Filtertüte, bis Roswitha sich aufraffte, das Gerät mit Essig zu entkalken. Die Härte des Grazer Trinkwassers, bedingt durch die kalkhaltigen Schotter und Sande, mit denen das aus der letzten Eiszeit stammende Grundwasserfeld ausgefüllt ist, machte diese Prozedur im Quartalstakt nötig.

Mangels Kaffees und neuer Erkenntnisse wurde die Morgenbesprechung kurz gehalten. Nachdem die dünne schwarze Brühe endlich wieder ungehindert floss und mit ihrem Duft allmählich den Essiggeruch überlagerte, machte sich in den Räumlichkeiten der Einheit Leib und Leben eine geschäftige Stille breit. Jeder war mit konzentrierter Verbissenheit damit beschäftigt, Aktennotizen zum wiederholten Mal zu lesen, Zeitachsen und Annahmen über die Tathergänge zu überprüfen und nach Querverbindungen zu suchen. Aber die Jagd nach dem entscheidenden Puzzleteil, nach dessen Einfügen sich die beiden Morde zu einem stimmigen Motiv- und Tathergangsbild zusammenfügen würden, blieb erfolglos.

»So kommen wir nicht weiter. Christoph, du und ich nehmen uns jetzt mal den Firmenanwalt und Thomas Handlers Assistentin vor«, entschied Sepp Semper am späten Vormittag. »Der Fall Kranzbauer muss weitere Kreise gezogen haben. Selbsthilfegruppen für in ähnlicher Weise Betroffene, Wissenschaftler, die gegen Esoterik und betrügerischen Aberglauben auftreten, Journalisten, Ärzte – ich will wissen, wer sich für die Angelegenheit interessiert hat.«

»Alles klar. Bevor wir losfahren, rufe ich rasch Hermann Kranzbauer an und frage ihn, ob er sich außer an seinen Anwalt noch an irgendwelche Vereine oder Selbsthilfegruppen gewandt hat.«

Christoph Leitner hatte den Hörer bereits am Ohr, ließ es einige Male klingeln und gab seinem Chef dann durch ein Kopfschütteln zu verstehen, dass am anderen Ende niemand ranging.

Als das Ermittlerduo das Gebäude des LKA Steiermark verließ, wurden sie von Sonnenstrahlen und lauer Dezemberluft empfangen. Das typische vorweihnachtliche Tauwetter hatte eingesetzt. Wieder einmal würde es den Grazern nicht nur grüne Weihnachten bescheren, sondern auch die kunstvoll geschnitzte Eiskrippe im Landaushof verlässlich zum Schmelzen bringen und dafür sorgen, dass das Figurenensemble einer Ansammlung von gläsernen Dildos glich.

Dr. Orgelspiel erschien Sepp Semper als das, was er als Keramik-Persönlichkeit bezeichnete: kühl, glasiert, mit hervorragenden Antihaft-Eigenschaften.

»Der Herr Doktor ist zu Tisch«, hatte seine Sekretärin, unbeeindruckt von den Dienstausweisen, knapp erwidert. Erst der nachdrückliche Hinweis, dass es um einen Doppelmord gehe, konnte ihr den Ort der mittäglichen Nahrungszufuhr entlocken. Kurz nach dreizehn Uhr saßen sie dem Anwalt von AgiloLife im Governors Room des Café Kaiserfeld im Herzen der Grazer Altstadt gegenüber.

Sepp Semper gefiel das traditionelle Etablissement. Im Gegensatz zu all den Hipster-Cafés, die überall auf der Welt nahezu ident gestylt waren und in denen junge Leute im Einheitslook vor ihren MacBooks saßen, zeichnete es sich, sowohl was die Einrichtung als auch die Gäste betraf, durch Charakter und Individualität aus. An der Wand hinter dem Anwalt prangte ein Porträtfoto von Arnold Schwarzenegger, der auf der Suche nach einem würdigen Ersatz für den Apfelstrudel seiner verstorbenen Mutter in diesem Kaffeehaus fündig geworden war.

Zum Schutz vor Speiseflecken hatte sich Dr. Orgelspiel eine Stoffserviette ins Revers seines dunkelgrauen Jacketts gesteckt und war gerade im Begriff, sich über das Tagesmenü, die von Stammgästen gerühmten gefüllten Paprika, herzumachen. Sein Gesichtsausdruck verriet eindeutig, dass er nicht gerade erbaut über die Störung war.

»Ich wiederhole mich: AgiloLife ist ein höchst seriöses Unternehmen, Thomas Handler hatte einen einwandfreien Leumund, und die von diesem Kranzbauer vorgebrachten Anschuldigungen waren völlig haltlos, weswegen es auch zu keinem Prozess kam. Und nein, sonst hat nie jemand Vorwürfe gegen das Unternehmen erhoben.«

Die übliche Leier. Noch dazu war der Anwalt ständig durch irgendwelche anderen Gäste abgelenkt, die er namentlich begrüßen musste. Christoph Leitner konnte aus den Augenwinkeln erkennen, dass seinem Chef gleich der Kragen platzen würde, und beschloss, ihm zuvorzukommen und es auf die nette Tour zu versuchen.

»Herr Dr. Orgelspiel, wir haben es mit einem Doppelmord zu tun, und wir befürchten, dass dahinter mehr steckt, dass es weitere Opfer geben könnte. Helfen Sie uns bitte. Haben sich irgendwelche Vereine, Journalisten oder Selbsthilfegruppen damals für den Fall Kranzbauer interessiert?«

Als der Anwalt zögerte, setzte er noch nach: »Glauben Sie uns, wir haben keinerlei Interesse daran, die weiße Weste von AgiloLife zu beschmutzen.«

Die Taktik schien aufzugehen. Dr. Orgelspiel nahm seine Designerbrille ab, rieb sich Augen und Nasenwurzel und vermittelte den Eindruck, ernsthaft nachzudenken. Beide Ermittler fixierten ihn gespannt und hofften inständig auf eine Information, die sie in dem festgefahrenen Fall weiterbringen würde.

»Soweit ich mich erinnern kann, hat damals kein Journalist ernsthaft in der Sache recherchiert. Die steirische Ärztekammer hat bei der Gelegenheit wieder mal versucht, AgiloLife anzugreifen und unsere Präparate als wirkungslosen Humbug abzutun. Aber das Ganze ist dann im Sand verlaufen.«

»Und Hermann Kranzbauer? Hatte er außer seinem Anwalt sonst noch irgendwelche Unterstützung?«

»Nein. Oder warten Sie, ja, irgend so ein Typ von einem Selbsthilfeverein hat ihn mal begleitet.«

»Wissen Sie seinen Namen oder den des Vereins?«, fragte Sepp Semper hoffnungsvoll.

»Leider nein.«

»Würden Sie ihn wiedererkennen?«

»Das ist schon lange her ... Ich bin nicht so gut mit Gesichtern ... Ich fürchte nein.«

Der Firmenanwalt von AgiloLife bedachte sie mit einem professionellen Lächeln, das nicht bis zu den Muskeln rund um seine grauen Augen reichte, und griff nach dem abgelegten Silberbesteck.

»Wenn Sie keine weiteren Fragen haben, würde ich jetzt gerne in Ruhe mein Mittagessen beenden.«

Auch das Gespräch mit Tanja Pfeilhammer brachte keine neuen Erkenntnisse. Der Mord an ihrem Chef hatte ihrer arroganten Fassade zwar unübersehbare Risse beschert, aus denen beinahe Hilfsbereitschaft hervorblitzte, aber auch sie konnte sich an keine konkreten Personen erinnern, die Interesse an der Rolle von AgiloLife am Ableben von Petra Kranzbauer gezeigt hätten.

»Und abgesehen von dem Fall? Hatte Thomas Handler Feinde oder heftige Kritiker?«

»›Feinde‹ würde ich nicht sagen. Natürlich gab es immer kleinkarierte Menschen, die ihm seinen Erfolg neidig waren und die dann unter dem Deckmantel des Konsumentenschutzes irrwitzige Anschuldigungen vorbrachten, dass Nahrungsergänzungsmittel wirkungslos oder sogar gefährlich seien. Auch wegen der Versuche der Ärztelobby, unsere Branche zu diskreditieren, gab es hin und wieder einen Clinch. Diese selbstverliebten Götter in Weiß! Haben keine Zeit für ihre Patienten und pumpen sie mit Pharmazeutika voll, anstatt sie zu heilen, weil ihre Denkweise so eingeschränkt ist, dass sie nicht in der Lage sind, über die Grenzen ihrer Schulmedizin hinauszublicken. Aber eine staatliche Zulassungspflicht und behördliche Sicherheitsprüfung für Nahrungsergänzungsmittel fordern, das können sie. Zum Glück sind sie damit bisher stets abgeblitzt.«

Die Assistentin hatte sich immer mehr in Rage geredet, auf ihren Wangen waren kleine rote Flecken aufgetaucht.

»Ja, wirklich, wo kämen wir da hin, wenn die Pillen, die Sie als Heilmittel anpreisen und um teures Geld verkaufen, auch noch einer Qualitätskontrolle unterzogen würden? Und dass Ärzte mit ihren läppischen sechs Jahren Studium plus Turnusausbildung Humanenergetikern, die einfach einen Gewerbeschein lösen, nicht das Wasser reichen können, versteht sich von selbst.«

Tanja Pfeilhammers Augen schossen einen Hagel an Giftpfeilen auf Sepp Semper ab. Einer Entgegnung hielt sie ihn allerdings nicht für würdig.

»Diese Konflikte, von denen Sie uns berichtet haben, gab es da bestimmte Personen, die sich hervortaten?«, wollte der Chefinspektor nun wissen.

»Nein, das lief eher auf einer institutionellen Ebene ab. Da ging es mehr um die Branche an sich, weniger um AgiloLife oder Herrn Handler. Er hat das immer als sportlichen Wettkampf genommen, nicht persönlich. Mehr kann ich dazu beim besten Willen nicht sagen.«

»Tut mir leid, dass ich eben meinen Mund nicht halten konnte, aber bei dieser Fraktion könnte ich echt kotzen«, entschuldigte sich Semper, als sie wieder im Wagen saßen.

»Kein Thema. Außerdem ist deine Provokationstaktik schon oft genug aufgegangen. Aber die Pfeilhammer scheint ihren eigenen Schwachsinn auch noch zu glauben.«

»Ich frage mich bei diesen ganzen Esoterik-, Energetiker- und sonstigen Juju-Szenen manchmal, wer gefährlicher ist: die Skrupellosen, die damit die dicke Kohle machen, oder die Verblendeten, die von der Wirkung dieses Zeugs und ihren eigenen besonderen Kräften überzeugt sind?«

Christoph blieb ihm eine Antwort schuldig.

»Wir müssen herausfinden, wer Hermann Kranzbauer damals begleitet hat. Vielleicht kommen wir über diesen Selbsthilfeverein weiter. Mehr haben wir momentan leider nicht«, resümierte der Chefinspektor nach einigen Schweigeminuten und angelte sein Handy aus der Hosentasche.

Hermann Kranzbauer war von der Frage nach der Selbsthilfegruppe hörbar überrascht, gab aber bereitwillig Auskunft. Um den Schmerz über den Tod seiner Frau zu verarbeiten, hatte er für kurze Zeit beim Verein für Sekten- und Esoterikopfer Hilfe gesucht. Die von einem Pastoralassistenten ins Leben gerufene Initiative bot Esoteriksüchtigen und Opfern der, wie er sich ausdrückte, »Bullshit-Fraktion« rechtlichen und psychologischen Beistand an.

»Die waren sehr bemüht. Anfangs hat es mir auch geholfen zu wissen, dass ich mit meinem Schicksal nicht allein bin. Aber irgendwann hat mich das auch nicht mehr weitergebracht. Der Gründer und Chef des Vereins heißt Johannes Hiebler«, schloss er seine Ausführung.

Damit hatte das Ermittlerduo zumindest einen neuen Ansatzpunkt. Sepp Sempers nächster Anruf galt seiner Assistentin. Es dauerte nicht lange, und Roswitha hatte eine Telefonnummer und Adresse für ihn.

»Kannst du mich morgen um zehn zu Hause abholen, Christoph? Dann statten wir diesem Johannes Hiebler einen Besuch ab.«

»Klar. Gütiger Himmel, ich hoffe, dass uns das endlich weiterbringt.«

Ménage à trois

Die letzten Tage hatten statt Zuversicht nur Dauerbelastung gebracht und damit, gleich einer unersättlichen Ratte, am Nervenkostüm des gesamten Teams genagt. Auch Christoph Leitner spürte, dass er sich dringend etwas Gutes tun musste, und entschied, sich in seinem Stamm-Barbershop mit einem traditionellen Gentleman Service verwöhnen zu lassen. Er genoss die Men-only-Atmosphäre, das rauchig-torfige Aroma des Single Malt Whiskeys und den Geruch nach antiken Möbeln und Sandelholz-Haar-Tonic. Sein Chef würde für so etwas niemals hundert Euro hinblättern. Er hingegen stammte aus einer wohlhabenden Akademikerfamilie, in der sich die Männer derlei Luxus gönnten. Offenbar hatte er diesen Charakterzug geerbt, auch wenn er aufgrund seiner Berufswahl von der Verwandtschaft als schwarzes Schaf angesehen wurde und sich der Kontakt auf Familiengeburtstage und das Nötigste beschränkte. Sepp hatte einmal scherzhaft bemerkt: »Man kann den Mann aus dem Schnöselmilieu verpflanzen, aber die Schnöselgene bekommt man aus ihm nicht heraus.«

Der neue Schnitt mit den weichen Übergängen und der wie vom Wind verwehten etwas längeren Oberpartie gefiel ihm. Wie er den Geschmack seiner Frau kannte, würde sein neuer Look auch bei ihr Anklang finden. Spontan beschloss er, sie kurz anzurufen und anzukündigen, dass er sie zum Abendessen ausführen werde. Sein Vorschlag wurde mit einem Freudenschrei quittiert. Ohne viel Hin und Her fiel ihre Wahl auf »El Pescador«, ein hervorragendes Fischlokal, das sie immer wieder eines Besuchs für wert befanden. Die Kreationen auf der kleinen, aber exquisiten Karte waren sowohl von der mediterranen wie auch der asiatischen Küche inspiriert, und besonders die Fischsuppe mit Sauce Rouille galt unter Connaisseuren als legendär.

Zufrieden schloss er die Augen, lehnte sich entspannt in dem ledernen Barber-Sessel zurück und spürte, wie die scharfe Klinge präzise über seine Wangen, seine Kinnpartie und seinen Hals geführt wurde. Der geschärfte Stahl, der über seine Haut glitt und dabei der Halsschlagader gefährlich nahe kam, löste in Christoph Leitner ein belebendes Kribbeln aus. Die Heiß-kalt-Kompressen und die geschickte Gesichtsmassage taten das ihrige, um sein Wohlgefühl zu vervollständigen. Eine Stunde später hatte er zwar zwei Fünfziger weniger in der Geldtasche, fühlte sich jedoch wie neugeboren.

Als seine Frau ihn später über einem Blue-Fina-Thunfisch-Steak nach dem Stand der Ermittlungen fragte, hob er abwehrend die Hand.

»Nicht heute, mein Schatz. Ich möchte diesen wunderbaren Abend nicht durch dunkle Gedanken trüben.«

Beate griff nach seiner Hand. »Was hältst du dann davon, wenn wir uns als Nachtisch noch das ›Dreierlei von der Schokolade‹ gönnen? Danach müsstest du von Glückshormonen wahrhaftig geflutet sein.«

Christoph Leitner probierte gerade die dritte Geschmacksrichtung der Stimmungs- und Kalorienbombe, als die Trinität aus Dunkel, Hell und Weiß in seinem Gehirn eine neue kognitive Verknüpfung auslöste. *Ménage à trois.* Was, wenn es beim Mord an Thomas Handler um ganz banale Eifersucht ging? Kränkungen und Verletzungen des Selbstwertgefühls waren schließlich die häufigsten Auslöser für Bluttaten. Das würde allerdings bedeuten, dass …

»Ground Control to Major Tom.« Die Irritation in der Stimme seiner Frau war unüberhörbar.

»Ich habe nur überlegt, welche Schokoladensorte mein Favorit ist«, versuchte er sich mit einem verlegenen Grinsen aus der Affäre zu ziehen.

Die Straße ist finster

Samstag, fünf Uhr zwanzig. Sepp Semper schlug die Augen auf und wusste sofort, dass es ihm nicht gelingen würde, nochmals ins Reich von Hypnos zu entgleiten. Anstatt sich im Bett rastlos hin und her zu wälzen, konnte er die Zeit bis zum Eintreffen seines Kollegen genauso gut für eine Laufrunde nutzen. Er suchte nach seiner Stirnlampe und dem Funktionsshirt aus Merinowolle, trank ein Glas Wasser und entschied sich für das schmutzigere seiner beiden Laufschuhpaare. Beim Verlassen der Wohnung beförderte er den Parteizeitungsstapel der Rechten aus dem allgemeinen Postfach in die Altpapiertonne. Das war sein Beitrag zu einem politisch engagierten Bürgertum.

Er winkte einem Nachbarn zu, der, mehr schlaftrunken als wach, seinen Golden Retriever Gassi führte, und trabte dann zügig Richtung Innenstadt. Beim Erklimmen des Schlossbergs von der Stadtparkseite her spürte er, wie sein Glykosespeicher zur Neige ging und sein Körper auf Fettstoffwechsel umschaltete. Seine Beine schienen sich in Beton zu verwandeln, er reduzierte sein Tempo und legte beim Hackher-Löwen, der majestätisch über Graz blickte, eine Verschnaufpause ein. Gemeinsam mit dem bronzenen Tier genoss er die Aussicht auf die noch schlafende Stadt. Nach ein paar Dehnungsübungen trabte er locker am Uhrturm vorbei, über die Pflastersteine der Innenstadt zurück zur Mur und den letzten Kilometer am Flussufer entlang zu seiner Wohnung. Die anschließende heiße Dusche wärmte seine Glieder, und er fühlte sich zuversichtlich und energiegeladen.

Während er sich mit schwarzem Kaffee und Müsli stärkte, wählte er die Nummer von Johannes Hiebler, um den Besuch der beiden Ermittler anzukündigen. Ein kluger Schritt, wie sich herausstellte, denn der Gründer des Vereins für Sekten- und Esoterikopfer erklärte ihm, dass er nicht an seiner Wohnadresse, sondern in den Räumlichkeiten der Caritas anzutreffen war, die er auch für die Zusammenkünfte seiner Selbsthilfegruppe nutzte.

Christoph Leitner war pünktlich auf die Minute. Irgendwie wirkte sein Äußeres verändert, aber Semper konnte nicht festmachen, woran genau das lag. Kurz nach zehn saß das Ermittlerduo einem sympathischen Mittvierziger gegenüber, der weder wie ein christlicher Missionar noch wie ein fanatischer Esoterikhasser wirkte. »Entspannt«, »klug« und »warmherzig« waren die Adjektive, die Semper spontan mit dem Mann assoziierte. Interessanterweise schmälerte der kahl geschorene Schädel die gutherzige Ausstrahlung keinesfalls, im Gegenteil, er verlieh Johannes Hiebler eine gewisse Verletzlichkeit, die ihn nur noch menschlicher machte.

»Ja, ich erinnere mich an Hermann Kranzbauer, auch wenn er nicht lange zu uns gekommen ist. Eine tragische Geschichte. Leider kein Einzelfall.«

Ihr Gegenüber klärte sie über die Arbeit des Vereins auf. Menschen, die in eine fatale Abhängigkeit von Sekten, Wunderheilern oder esoterischen Happiness-Beschwörern geraten waren oder durch diese Schaden erlitten hatten, sowie deren Angehörige fanden hier Unterstützung in Form von Rechtsbeistand und psychologischer Betreuung.

»In den meisten Fällen können wir auf rechtlicher Ebene allerdings sehr wenig erreichen. Wir versuchen, gemeinsam mit Ärzten und Wissenschaftlern auf die Gesetzgebung einzuwirken, bisher allerdings mit wenig Erfolg. Esoterik, Nahrungsergänzungsmittel, Kinesiologie und sonstiger pseudowissenschaftlicher und teilweise gefährlicher Humbug bilden mittlerweile einen einträglichen Wirtschaftszweig. Sinnsuche als neuer Wirtschaftsmotor. In Österreich reden wir da von geschätzten fünf Milliarden und mehr im Jahr, in Deutschland von rund fünfzwanzig Milliarden – Tendenz steigend. Die Fanbasis ist breit, da will sich kein Politiker die Finger verbrennen.«

»Woher kommt die Faszination dieser zweifelhaften Praktiken und Heilslehren?«, zeigte sich Christoph Leitner interessiert.

»Mehrere Gründe. Eine wesentliche Rolle spielt der immer stärkende werdende Drang zur Selbstoptimierung. Aber bitte ohne viel Aufwand. Instantlösungen für komplexe Probleme – Glück, Erfolg und Gesundheit auf Knopfdruck –, genau diesen egoistischen Hunger stillen Wunderheiler, Motivationsgurus, Jenseitsmedien und sonstige Juju-Experten. Gott ist mühsam, er fordert etwas von den Menschen, da hängen sie sich lieber einen Engelstalisman um den Hals und glauben, himmlische Helfer herbeipfeifen zu können wie einen Hund. Detto bei der Gesundheit oder dem Erfolg. Bewegung, ausgewogene Ernährung, an den eigenen Fähigkeiten arbeiten und Einsatz zeigen – all das erfordert Zeit und Disziplin. Nährstoffpillen oder Tschakka-Rufe sind da wesentlich bequemer.«

»Und die Menschen, die zu Ihnen kommen? Wer sind die?«, schaltete sich Sepp Semper ein und veränderte seine Sitzposition, da sich eine Sprungfeder aus dem abgenutzten Fauteuil unangenehm in seinen Oberschenkel bohrte.

»Eine bunte Mischung. Ein bisschen wie die Anonymen Alkoholiker, nur eben Anonyme Abergläubige. Sie sind psychisch abhängig von Wundermitteln, Heilsversprechen, spirituellen Höhenflügen und den Allmachtphantasien, die ein Guru in ihre Köpfe pflanzt. Teilweise haben sie über der ganzheitlichen Beschäftigung mit sich selbst Freunde,

Familie und viel Geld verloren, nur um am Ende zu erkennen, dass es im Leben eben keine Abkürzungen und keine dauerhafte Happiness auf Knopfdruck gibt. Und dann suchen noch in Mitleidenschaft gezogene Angehörige wie Hermann Kranzbauer unseren Beistand, die entweder einen nahen Menschen an diese Sekten verloren haben oder versuchen, ihn aus deren Klauen zu retten.«

»Waren noch andere von AgiloLife geschädigte Personen im Verein?«

Johannes Hiebler überlegte einen Augenblick, schüttelte dann aber den Kopf. »Mir ist diesbezüglich nichts bekannt.«

»Gab es jemanden, zu dem Hermann Kranzbauer näheren Kontakt hatte?«

»Auch da kann ich Ihnen leider nicht weiterhelfen. Er war, wie gesagt, nicht lange bei uns. Aufgefallen ist mir diesbezüglich aber nichts.«

»Und Lisa Schreiner, kannten Sie die?«, folgte der Chefinspektor einer Eingebung.

Die Antwort kam ohne Zögern.

»Ja. Aus meiner Perspektive war sie auch ein Opfer. Ich habe ihr sogar unsere Unterstützung angeboten, aber sie hat irgendwo anders eine Psychotherapie gemacht. Ich hoffe, das hat ihr geholfen.«

»Hatten Sie danach noch Kontakt zu ihr?«, erkundigte sich Christoph.

»Ich habe sie noch einmal angerufen, um zu fragen, ob sie bereit wäre, mit ihrer Geschichte an die Öffentlichkeit zu gehen. Dann hätten wir wieder einen Beweis für die Gefährlichkeit dieser Scharlatane gehabt. Aber sie wollte nicht. Das habe ich selbstverständlich respektiert. Ich kann gut verstehen, dass sie ihre Ruhe haben wollte.«

»Wann war das?«

»Vor ungefähr drei Monaten. Wir haben damals gerade eine neue Info-Broschüre über unseren Verein erstellt.«

»Sie sagen, Frau Schreiner wollte nicht an die Öffentlichkeit gehen. Hatten Sie den Eindruck, dass sie Angst hatte?«

Johannes Hiebler hatte sein Kinn aufgestützt und versuchte, sich die Situation in Erinnerung zu rufen.

»Nein«, entschied er nach einer Weile, »sie wirkte auf mich gefestigt. Ich hatte vielmehr den Eindruck, dass es ihr gelungen war, diese Geschichte und den ganzen Esoterik-Kram hinter sich zu lassen, was mich gefreut hat.«

»Eine letzte Frage noch«, leitete Semper das Ende der Befragung ein, »trauen Sie Hermann Kranzbauer eine Gewalttat zu?«

Wieder überlegte Hiebler. »Schwer zu sagen. Man kann in niemanden hineinschauen. In den Gesprächen und Gruppentherapiesitzungen war er meist in sich gekehrt, versunken in seinem Schmerz. Aber hin und wieder ist auch eine ungeheure Wut auf Thomas Handler und Lisa Schreiner durchgebrochen. Ich denke jedoch, dass das in der Situation nur verständlich und normal ist, und wir haben in den Gesprächen versucht, ihm Hilfestellungen zu geben, damit umzugehen.«

Johannes Hiebler verabschiedete die beiden Ermittler mit einem kräftig-herzlichen Händedruck und erbot sich, eine Liste aller Personen, die während der letzten drei Jahre Hilfe beim Verein für Sekten- und Esoterikopfer gesucht hatten, zu erstellen – sofern sie ihm namentlich bekannt waren. Da ein beachtlicher Teil der Betroffenen es allerdings vorzog, anonym zu bleiben, versprachen sich Sepp Semper und Christoph Leitner nicht allzu viel davon.

Wieder im Auto bestätigten sie einander den sympathischen, hilfsbereiten Eindruck, den sie vom Pastoralassistenten gewonnen hatten.

»Allerdings«, relativierte der Chefinspektor sein positives Urteil, »die katholische Kirche ist für mich ebenfalls eine gefährliche Sekte. Wie alle Religionen. In gewisser Hinsicht richtet sie genauso viel Unheil an wie die Glücksprediger, gegen die der Verein vorgeht.«

Zur Beweisführung sang er ein paar Takte von Jimmy Buffetts »Fruitcakes«:

»Religion's in the hands of some crazy-ass people …«

Sein Kollege zuckte dazu nur mit den Schultern. Er kannte die Aversion seines Vorgesetzten gegenüber sämtlichen Glaubensgemeinschaften und zog es vor, sich nicht auf eine tiefschürfende Diskussion einzulassen. Stattdessen lenkte er das Gespräch auf die Ermittlungen.

»Neben Hermann Kranzbauer ist Johannes Hiebler bisher die einzige Person, von der wir wissen, dass sie mit beiden Opfern in Verbindung stand.«

Semper nickte und kratzte sich am Kinn, ein Zeichen, dass er unrund war. »Wir kommen in unseren Ermittlungen immer wieder auf den Fall Petra Kranzbauer zurück. Diese alte Geschichte scheint den Schlüssel zur Aufklärung in sich zu bergen. Und trotzdem werde ich das Gefühl nicht los, dass mehr dahintersteckt. Lass uns nachschauen, was es im Büro Neues gibt.«

»Der abschließende Bericht von der SpuSi liegt auf deinem Schreibtisch«, begrüßte Roswitha Schneeberger ihren Chef. An ihrem Gesicht konnte er jedoch ablesen, dass er sich davon keine neuen Erkenntnisse zu erhoffen brauchte.

»Und sonst?«, fragte er in die Runde.

»Ich habe jetzt auch die Anrainer befragt, die wir bisher nicht angetroffen hatten«, meldete sich Markus Steiner zu Wort. »Eine gewisse Margit Schwab war an dem Abend kurz nach halb fünf in ihrem Wagen Richtung Stadt unterwegs, um eine Freundin zu treffen. Da will ihr ein Mann aufgefallen sein, der zu Fuß unterwegs war, nicht weit vom

Haus der Handlers entfernt. Das kam ihr komisch vor. Es war mit Sicherheit keiner der Nachbarn, und Fremde beziehungsweise Besucher sind dort oben nur selten ohne Auto unterwegs. Außerdem hat sie auch ein paar Tage davor vom Fenster aus einen Spaziergänger beobachtet, der ihr nicht ganz geheuer vorgekommen ist. Sie hatte den Eindruck, dass er die Gegend beobachtet hat.«

»War das ein und derselbe Mann? Kann sie ihn beschreiben?«

»Außer, dass er ihr relativ groß vorgekommen ist, war aus ihr nichts herauszubekommen.«

»Kleidung? Sonst irgendwas, das sie bemerkt hat?«

»Leider Fehlanzeige.«

»Mist!«

»Auf jeden Fall sieht es so aus, als ob er die Wohnverhältnisse und möglicherweise die Gewohnheiten seiner Opfer vorher ausspioniert«, schaltete sich Christoph Leitner ein. »Aber das hilft uns auch nicht wirklich weiter.«

Der Abteilungsinspektor beschloss, sich nochmals die Fallnotizen vorzuknöpfen, und massierte sich in Gedanken versunken die Nasenwurzel, während er die Aufzeichnungen Wort für Wort studierte.

»Frau Handler hat von einer ›offenen Beziehung‹ gesprochen«, brachte er schließlich einen neuen Denkanstoß ins Spiel. »Was, wenn ein Liebhaber mehr von ihr wollte und deswegen seinen Widersacher aus dem Weg geräumt hat?«

»Du meinst, dass die beiden Morde gar nicht zusammenhängen?«, überlegte Sepp Semper. »Ich halte das zwar für unwahrscheinlich, aber du hast recht, Christoph, so festgefahren, wie die Ermittlungen derzeit sind, müssen wir das zumindest in Betracht ziehen. Genauso, was Thomas Handlers Liebesleben betrifft. Wir könnten es schließlich auch mit einem eifersüchtigen Ehemann zu tun haben.«

»Das kann ich übernehmen. Ich kümmere mich gleich darum«, rief Roswitha und griff schon nach ihrem Telefon, erleichtert, wieder einen konkreten Anhaltspunkt vor Augen zu haben.

Inzwischen knöpfte sich Sepp Semper den Bericht der Tatortgruppe vor. Aber wie die Teamassistentin bereits angekündigt hatte, fanden sich darin keinerlei weitere Anhaltspunkte. Mit einem halben Ohr hörte er mit, wie Roswitha die Witwe nach Liebespartnern befragte. Ihr Taktgefühl und ihre einnehmende Telefonstimme kamen ihr dabei zugute. Nach rund zwanzig Minuten konnte sie mit ersten Ergebnissen aufwarten, die allerdings nur eine weitere Enttäuschung mit sich brachten.

»Also, Irene Handler hat seit rund zehn Monaten ein Verhältnis mit einem gewissen Robert Habinger. Der war allerdings zur Tatzeit mit zwei Freunden in der Sauna. Beide haben sein Alibi bereits bestätigt. Mit wem ihr Mann ins Bett ging, weiß sie nicht.«

»Ich gehe mal die Anrufe und Textnachrichten auf seinem Handy durch«, schaltete sich Peter Liebisch ein. »Wenn er ein Gspusi hatte, müsste ich da was finden. Außer, er hat sämtliche Anrufprotokolle und Nachrichten immer penibel gelöscht …«

Sepp Semper nickte, machte sich jedoch keine allzu großen Hoffnungen, dass sie in dieser Richtung weiterkommen würden. Das Großraumbüro war erfüllt von Tippgeräuschen, verursacht von Fingern, die mehr oder weniger gekonnt über Tastaturen tanzten, sowie dem Rascheln von Papierseiten, die umgeblättert wurden. Vereinzelte Telefonate und Stuhlbeine, die über den PVC-Boden scharrten, sorgten für Abwechslung in der monotonen Geräuschkulisse. Die dunkelgrauen Zeiger auf dem weißen Ziffernblatt der Funkwanduhr zogen davon unbeirrt ihre Kreise.

Missmutig trat der Ermittlungsleiter ans Fenster und versuchte, im einsetzenden Dämmerlicht einen Blick auf den im Norden liegenden Schöckl zu erhaschen. Der sagenumwobene Hausberg der Grazer, zur Römerzeit vermutlich eine Kultstätte für Frauengottheiten, war ein an Schönwetterwochenenden gestürmtes Naherholungsziel. Vor allem an Wintertagen konnte man auf seiner stattlichen Kalkgestalt mit dem charakteristischen Hochplateau den Sonnenschein genießen und auf die Stadt hinunterblicken, die unter einer dicken Brühe aus Nebel und Feinstaub begraben lag. Mit seiner Höhe von eintausendvierhundertfünfundvierzig Metern ragte der Schöckl zu einem der bedeutendsten Gipfel im Grazer Bergland auf. An diesem Tag wurde er jedoch von einer geschlossenen Wolkendecke verhüllt.

»Wir tappen bei dieser Ermittlung in einer Nebelsuppe herum, die dichter ist als alles, was die Schöcklhexe in ihrem Wetterloch brauen könnte«, murrte Semper schließlich. »Solange wir das Hauptmotiv und damit den wahren Zusammenhang nicht verstehen, irren wir weiter im Kreis herum, nur um am Ende doch wieder beim Fall Kranzbauer zu landen.«

»Kreativitäts-Achterl?«

Christophs Vorschlag bewirkte, dass die zaghaften Sonnenstrahlen eines Lächelns durch die düstere Wolkenmauer der Chefinspektor-Miene brachen.

»Gute Idee. Wir könnten ein paar vom Rebensaft befeuerte Inspirationen gebrauchen. Komm einfach mit zu mir, ich habe einen hervorragenden Blaufränkischen aus dem Burgenland eingelagert, und wenn du unterwegs bei einer Bäckerei stoppst, mach ich uns ein paar Crostini dazu.«

Tango der Gedanken

Die beiden Männer hatten es sich auf der zweckmäßigen grauen Wohnzimmercouch bequem gemacht. Auf dem hölzernen Tisch, auf dem sich einige Bücher und Ausgaben von »Runner's World« stapelten, standen zwei großzügig gefüllte Weingläser und ein Teller voller Crostini mit fein gehackten Tomaten und Basilikum-Pesto. Während Semper sich in der Küche zu schaffen gemacht hatte, hatte Christoph die musikalische Untermalung für ihr unkonventionelles Brainstorming gewählt. Gerade fegte Cinderella zur krächzenden Stimme des Nobelpreisträgers die »Desolation Row«.

»Na dann, möge Mister Dylans Genie uns leiten!«, prostete der Chefinspektor seinem engsten Mitarbeiter zu.

Das bereits an vielen kniffeligen Fällen erprobte Ritual verfolgte einen einzigen Zweck: sämtliche Assoziationen der beiden Ermittler ans Tageslicht zu befördern, egal ob diese auf Erfahrung, Fakten, Bauchgefühl oder einem scheinbar nebensächlichen Detail beruhten.

»Du zuerst«, brachte Christoph die Kugel ins Rollen.

»Hermann Kranzbauer ist nicht unser Täter.«

»Warum?«

»Weil ihm die innere Kraft dazu fehlt. Er ist erschöpft, ein gebrochener Mann. Unser Täter erlebt unmittelbar nach den Morden ein Hochgefühl, genießt seine Macht. Dieses Rauschgefühl sehe ich bei unserem Witwer nicht.«

»Sonst noch was?«, bohrte sein Sparringspartner nach.

»Es geht um Vergeltung. Der Rachedurst unseres Täters ist unstillbar. Deswegen wird er auch weiter morden.«

»Den Anwalt?«

»Nein, der Fall Kranzbauer ist nur ein Mosaiksteinchen. Hier geht es um mehr. Einen Rachefeldzug gegen Irrlehren.«

Während Sepp Semper seine Gedanken teilte, hatte er die ganze Zeit sein Weinglas mit der rechten Hand geschwenkt. Nun hielt er inne, nahm einen Schluck von der rubinroten Flüssigkeit, schmeckte das füllige Weichsel- und Kirscharoma mit einem Hauch von Nelken und übergab den Ball an seinen Kollegen.

»Und du? Was geht dir bei diesem Fall alles durch den Kopf?«

»Der Mord an Lisa Schreiner ist passiert, der an Thomas Handler war eindeutig geplant.«

»Was sagt uns das?«

»Wir haben es mit jemandem zu tun, dessen Wut sich über Jahre aufgestaut hat. Irgendetwas im Zusammentreffen mit Lisa hat bei ihm die Sicherungen durchbrennen lassen. Jetzt befindet er sich auf einem privaten Kreuzzug gegen Kurpfuscher.«

Christoph wusste, dass Handbewegungen dasselbe Gehirnareal aktivieren, das auch beim Sprechen aktiv ist. Er gestikulierte bewusst ausladend, in der Hoffnung, damit seine Denkprozesse anzukurbeln.

»Hm«, überlegte Semper, »er hat ihr höchstwahrscheinlich nicht schon draußen aufgelauert und sie gezwungen, ihn in die Wohnung zu lassen. Dagegen spricht, dass sie sich daheim umgezogen hat. Er läutet folglich an der Tür, und Lisa lässt ihren Mörder herein, obwohl es bereits weit nach Mitternacht ist. Warum?«

»Sie hat ihn gekannt und entschieden, dass von ihm keine Bedrohung ausgeht. Auch das spricht eigentlich gegen Hermann Kranzbauer, mit dessen Wut sie ja bereits Bekanntschaft gemacht hatte.« Christoph bearbeitete in der für ihn typischen Manier seine Unterlippe mit den oberen Schneidezähnen und kam zu dem Schluss: »Unser Täter ist kein von Lisa Geschädigter.«

»Aber wen lässt sie zwischen ein und vier Uhr morgens in ihre Wohnung?«

»Einen Freund. Einen Freund von dieser Lenka Kovac. Ihren Chef. Einen Polizisten. Ich weiß es nicht, Sepp.«

Sie schwiegen in dem Bewusstsein, in einer Sackgasse angelangt zu sein. Nach einem kräftigen Schluck Wein nahm der Chefinspektor die Gedankenfäden wieder auf.

»Der Mord an Lisa war nicht geplant, aber irgendetwas hat unseren Täter wütend gemacht. Ich denke, er wollte etwas von ihr. Nicht Sex, sondern eine Gefälligkeit. Und die hat sie ihm verweigert.«

»Gut möglich. Eine Gefälligkeit im Zusammenhang mit seinem Rachefeldzug. Vielleicht ein öffentliches Schuldeingeständnis am Tod von Petra Kranzbauer oder eine für AgiloLife belastende Aussage.«

»Ja, das klingt plausibel.« Sepp Semper nickte, den Blick gedankenverloren auf die winternächtliche Dunkelheit hinter dem Wohnzimmerfenster gerichtet, während sein Gehirn die Implikationen des bisher Gesagten verarbeitete. Als sich seine Augen wieder auf seinen Kollegen richteten, hatten seine Überlegungen eine neue Richtung eingeschlagen.

»Du hast gesagt, er befindet sich auf einem privaten Kreuzzug. Spielt Religion eine Rolle?«

»Möglicherweise. Vielleicht fühlt er sich auserkoren. Ich vermute, dass auch Machtphantasien hineinspielen.«

»Worum geht es ihm dabei?«

»Wiedergutmachung. Und die Genugtuung, sich zum Richter und Henker aufzuspielen.«

»Hat er selbst Schaden durch irgendwelche fragwürdigen Heiler erlitten?«

Der Abteilungsinspektor überlegte, während er genüsslich in eines der Crostini biss.

»Er nicht, aber jemand, der ihm sehr nahesteht.«

Sepp Semper nickte zufrieden. Erst jetzt wurde den beiden Ermittlern bewusst, wie ausgehungert sie waren. Sie stärkten sich an den überbackenen Brötchen, leerten ihre Gläser und hingen ihren Gedanken nach, während der Troubadour unter den Rocksängern fragte:

Because something is happening here, but you don't know what it is, do you, Mister Jones?

»Wir suchen also nach jemandem, der vor Jahren erlebt hat, dass ein nahestehender Mensch in die Klauen der Eso-Szene geraten und nicht mit heiler Haut davongekommen ist. Jemand, der seine aufgestaute Wut nun in einen Rachefeldzug kanalisiert«, fasste Semper ihre Überlegungen zusammen. »Ich werde Peter darauf ansetzen, nach Meldungen über Personen zu suchen, die durch Wunderheiler oder sonstige Akteure am feinstofflichen, spirituellen Massenmarkt geschädigt wurden. Erst mal beschränkt auf Graz und Umgebung.«

»Und Roswitha soll sich bei Gericht schlaumachen, ob deswegen irgendwelche Klagen eingebracht wurden«, ergänzte Christoph.

Sein Vorgesetzter nickte, während er ihre Gläser ein zweites Mal füllte.

»Wir fürchten also beide, dass wir es mit einem Serientäter zu tun haben, der mit seinen Vergeltungsattacken erst begonnen hat. Bis jetzt habe ich das verdrängt.«

Der Temperaturregler im Wohnzimmer zeigte heimelige einundzwanzig Komma fünf Grad Celsius, trotzdem ließ das Damoklesschwert weiterer Morde die beiden Ermittler erschaudern.

»Lass uns hoffen, dass wir uns täuschen«, murmelte Sepp Semper. »Ich mache uns noch ein paar Crostini.«

Auch der Duft von überbackenem Weißbrot, Olivenöl, Tomaten und frischen Kräutern konnte gegen die unheilschwangere Beklemmung nicht ankommen.

Er

Die Besitzer eines Platin-Tickets waren zuerst eingelassen worden, damit sie sich einen Patz nahe der Bühne sichern und ihrem Idol so nahe wie möglich sein konnten. Er stand in der zweiten Reihe, eingekeilt zwischen erwartungsvollen Fans, die er für dämliche Schafe hielt. Aber seine Verachtung galt nicht ihnen, sondern dem selbst ernannten Mind-Coach, der dieses Spektakel veranstaltete, um seine Feel-good-Plattitüden im großen Stil zu verbreiten. Im Gegensatz zu ausgebildeten Psychotherapeuten, die individuell mit ihren Klienten arbeiteten, setzte der Guru auf Massenspektakel. Logisch. Unter dem fokussierten Licht einer intimen Auseinandersetzung hätten seine Pseudoweisheiten wohl kaum bestehen können.

»Der Schlüssel zu einem selbstbestimmten Leben« war der Titel des Zweitagesseminars, und auch der war eine Lüge, die sein Blut zum Sieden brachte. Selbstbestimmtheit war das Letzte, was Mr. Life Coach wollte. Er kannte diese Typen. Wie Drogendealer verdienten sie die große Kohle mit Abhängigkeit, Entzugserscheinungen und der schmerzhaften Leere nach der künstlich hochgepeitschten Euphorie, die sich im Alltag als wenig substanzhaltig erwies.

Ein Rundumblick zeigte ihm, dass die in Nachtclubdunkel und Eso-Techno getauchte Halle bis auf den letzten Platz gefüllt war. Als der Guru in einem perfekt sitzenden weißen Hemd, engen Jeans und weißen Turnschuhen die Bühne betrat, empfing ihn ein Jubel, der den Stones angemessen gewesen wäre. Lässig hob er die rechte Hand zum

Gruß, ergriff das Mikrofon und versprach jenen, die sich auf seinen Mumpitz einließen, zwei lebensverändernde Tage.

Angewidert beobachtete er, wie die Teilnehmer High Fives tauschten, einander umarmten und unisono Schwachsinn wie »Ich bin mein eigenes Kraftfeld«, »Ich glaube an mich« oder »Ich bin ein Sieger« brüllten. Für einen Augenblick spielte er mit dem Gedanken, die schale Wunschdenken-Leier mit einem »Ich bin ein Racheengel und triumphanter Serienmörder« aufzupeppen, ließ es dann aber sein. Aufmerksamkeit zu erregen wäre kontraproduktiv gewesen. Also schaltete er sein Hirn auf Stand-by und machte bei dem Affenzirkus mit.

Die Pause kam als Erlösung, sein Platin-Ticket eröffnete ihm Zugang zu VIP-Raum und Buffet. Umzingelt von Hardcorefans machte er sich über Avocado-Schafskäse-Wraps und Veggie-Burger her und versuchte, ihr euphorisches Geschwafel auszublenden. Aber immer wieder fanden Wortfetzen à la »Mein fünftes Seminar mit ihm, man fühlt sich jedes Mal wie neugeboren« oder »Ich spüre, dass ich im kommenden Jahr den richtigen Partner finden werde« ihren Weg durch seinen mental verbarrikadierten Gehörgang. Das Meet and Greet mit dem Rattenfänger von Eso-Ville war der einzige Grund, warum er sich diese Tortur antat. Bis jetzt hatte der Guru den Zeitpunkt dafür noch nicht enthüllt, aber im VIP-Raum kursierte das Gerücht, dass Seine Durchlaucht sie in der Mittagspause des zweiten Seminartages mit einer Audienz beehren würde. Sich darauf zu verlassen erschien ihm jedoch als zu riskant. Da hieß es durchtauchen durch die Nachmittagseinheit. Schlimmer konnte es ja wohl kaum mehr werden. Aber wie immer, wenn einem dieser Gedanke kam, wurde er umgehend eines Besseren belehrt.

Einzelne Leute wurden ins Rampenlicht gezerrt. Teil-

weise unter Tränen erzählten sie von ihren Beziehungsproblemen, ihrem Berufsfrust, ihrer Unsicherheit oder ihren unerfüllten Träumen. Der selbst geadelte Meister der Eigenmotivation hörte ihnen zu und gab ihnen seine Binsenweisheiten mit auf den Weg. »Du allein entscheidest über dein Leben« oder »Du kannst alles schaffen, wenn du nur wirklich willst«.

Während die bedauernswerten Gestalten dann eine Siegerpose einnahmen und von der Menge beklatscht oder von ihr emporgehievt wurden, wuchs seine Wut ins Unermessliche. Was der Scharlatan mit diesen blödsinnigen Mantras suggerierte, war kriminell: Jeder kann ein Traumleben haben. Wer es nicht schafft, ist ein Versager, der die richtige mentale Einstellung einfach nicht hinkriegt, nicht nach seiner inneren Wahrheit lebt und sich folglich selbst den Weg zum Glück versperrt.

Dieses Vorgaukeln, dass man alles kontrollieren könne, unverwundbar und nicht von anderen abhängig sei, war eine Zeitbombe, die die Seele bei der kleinsten Schockwelle zerfetzte. Er hatte mitangesehen, wie sie den wichtigsten Menschen in seinem Leben in Stücke gerissen hatte. Nach jeder Aufputschung das nächste vorprogrammierte Motivationsloch, der nächste epileptische Anfall der nach ihrer Drogendosis verlangenden Psyche. Am Ende bot auch ein Platin-Ticket beim Superstar der Mind-Coaches keinen Ausweg mehr, nur mehr der Tod. Und der gewissenlose Dealer ließ sich dafür auch noch bejubeln. Am liebsten würde er ihn an Ort und Stelle … Aber nein, sein Racheplan würde nicht an den Klippen der Ungeduld zerschellen.

Der Herr zeigte Erbarmen mit ihm und belohnte sein Ausharren. Der Guru heizte die Stimmung noch einmal mit Techno-Trance und Tschakka-Tschakka ordentlich auf und goss am Ende noch dreißig Prozent Rabatt auf das nächste Seminar bei Sofortbuchung ins Motivationsfeuer.

Er war schon auf dem Weg Richtung Ausgang, als der angebliche Lebensveränderer ankündigte, dass das Meet and Greet mit den Platin-VIPs in zwanzig Minuten stattfinden werde. Damit verschaffte er endlich auch ihm das versprochene Hochgefühl. Alles war vorbereitet. Sein Puls und Atem waren völlig ruhig, er verspürte null Aufgeregtheit, nur die Genugtuung, einen weiteren göttlichen Auftrag zu erfüllen.

Wie schnell die Zeit vergeht

Die Kombination aus Wochenende und einem Mangel an Ermittlungsansätzen bürdete Sepp Semper eine Untätigkeit auf, die ihn aus den eigenen vier Wänden ins Büro fliehen ließ. Als er sich dort aus seiner winterfesten Fahrradjacke und Überhose schälte, stellte er fest, dass er offenbar nicht der Einzige war, der den Drang verspürte, etwas zu tun. Peter Liebisch saß beim Eintreffen des Chefinspektors bereits vor seinem Computer und jagte in Datenbanken, Netzwerken und den zwielichtigen Untiefen des World Wide Web nach aufschlussreichen Querverbindungen. Der Technik-Kapazunder trug ein schwarzes Sweatshirt mit der Aufschrift *»Black Holes are where God divided by zero«*. Nach seinem Gesichtsausdruck zu urteilen waren seine Bemühungen bisher ungefähr so erfolgreich wie der Versuch, Materie aus einem schwarzen Loch zu befreien.

Warum der hochbegabte IT-Spezialist dem Job beim LKA gegenüber einer lukrativen Karriere in der Privatwirtschaft den Vorzug gegeben hatte, war für Semper ein Mysterium. Er überlegte, seinen Kollegen endlich danach zu fragen, entschied dann aber, dass die aktuelle Stresssituation nicht der passende Rahmen dafür war. Stattdessen weihte der Ermittlungsleiter Peter in die »Kreativitäts-Achterl«-Erkenntnisse ein, wonach der Technologiespezialist sich augenblicklich auf die Onlinesuche nach Esoterik-Geschädigten stürzte, erleichtert, wieder ein konkretes Ziel vor Augen zu haben.

Sepp Semper war gerade dabei, sich sämtliche Informationen über AgiloLife einzuverleiben, angefangen von Geschäftsberichten und Steuerunterlagen über Zeitungsartikel bis hin zu Blogbeiträgen und Social-Media-Postings, als Christoph Leitner in der Tür auftauchte. Wie gewohnt machte er in dem orangefarbenen Kaschmirpullover mit Polokragen und den schwarzen, am Oberschenkel zerrissenen Jeans selbst im Freizeitlook eine stilsichere Figur.

»Ihr könnt wohl auch nicht abschalten«, begrüßte er nach einem kurzen überraschten Innehalten seine beiden Kollegen.

»Was sagt Beate dazu, dass du sie an einem Wochenende allein zu Hause sitzen lässt?«

»Die ist derlei Kummer mittlerweile gewohnt.«

Die unregelmäßigen Arbeitszeiten und die Tatsache, dass laufende Mordermittlungen für die Kernmitarbeiter seines Teams oft Vierzehn-Stunden-Tage ohne Rücksicht auf Wochenenden bedeuteten, setzten Beziehungen harten Bewährungsproben aus. Semper war sich bewusst, dass außer Christoph Leitner niemand im Team in einer stabilen Partnerschaft lebte.

»Pass auf, dass du den Bogen nicht überspannst«, warnte er seine rechte Hand.

»Beate kann sich ganz gut ohne mich beschäftigen und hat Verständnis für diese Phasen der Hyperaktivität, die unser Beruf mit sich bringt. Solange daraus kein Dauerzustand wird, ist alles in Ordnung. Aber danke für deine Sorge, Sepp.«

Damit war das Thema erledigt, und Christoph vertiefte sich in seine handschriftlichen Aufzeichnungen. Der Chefinspektor machte sich eine geistige Notiz, ein Auge darauf zu haben, dass sein engster Mitarbeiter in ruhigeren Phasen sein Privatzeitkonto ausglich. Diese Strategie hatte auch zwischen ihm und Christa funktioniert. Die Zahl an Mordfällen bewegte sich in der Steiermark unter zehn pro Jahr, damit hielten sich die kraftraubenden, heißen Ermittlungsperioden für die Gruppe Leib und Leben in erträglichen Grenzen.

Mehr als drei Stunden arbeiteten die Männer schweigend nebeneinander, manchmal stand einer von ihnen auf, betrachtete die Pinnwand mit den Ermittlungsdetails oder bereitete eine neue Kanne schalen Filterkaffee zu. Sepp Semper hatte nie verstanden, warum sie den Kaffee einer deutschen Billigkette einkauften, wenn es nur vier Kilometer vom LKA entfernt eine Grazer Qualitätsrösterei gab. Als Kaffee-Aficionados hatten Christa und er einmal an einer Führung mit anschließender Verkostung teilgenommen und dabei erfahren, dass das Unternehmen auf die besonders aromaschonende Trommelröstung setzte, was man auch schmeckte. Aber er hatte gelernt, dass es klüger war, sich aus Bürodiskussionen über Kaffee- und Milcheinkauf, die Anschaffung von Büropflanzen oder die Auswahl von gemeinschaftlichen Geburtstagsgeschenken für Kollegen herauszuhalten. Somit blieb ihm nichts anderes übrig, als sich mit der wenig gehaltvollen Brühe zu begnügen.

»Und, habt ihr irgendeinen neuen Anhaltspunkt gefunden?«, fragte der Chefinspektor gegen halb eins ins Großraumbüro.

Seine beiden Kollegen verneinten, und mit einem Mal erfasste alle ein synchrones Gähnen. Peter Liebisch streckte seine müden Glieder, als das plötzliche Läuten seines Handys die Truppe aus der um sich greifenden Lethargie riss.

»Ja? – Aha. – Danke für die Information.«

Auf die hoffnungsvollen Blicke seiner beiden Schicksalsgenossen reagierte er nur mit einem Kopfschütteln.

»Gerade wurde auch das Alibi des Lebensgefährten von Thomas Handlers zweiter Geliebter bestätigt. Ich würde sagen, das Thema Eifersuchtsmord ist damit endgültig vom Tisch.«

»Ich denke, wir sollten nach Hause gehen und den Rest des Wochenendes genießen. Hier kommen wir nicht weiter.« Und nach einem Blick aus dem Fenster fügte Semper hinzu: »Blauer Himmel und Sonnenschein. Ein rares Schauspiel im Grazer Winter. Das muss man ausnutzen.«

Er wusste selbst, dass das leichter gesagt als getan war. Mitten in einer Mordermittlung war es nahezu unmöglich, den Schalter so mir nichts, dir nichts auf privat umzulegen. Erst recht in einem Fall wie diesem, der durch seine persönliche Beziehung zu Lisa die Gedanken stärker als sonst in Geiselhaft nahm. Das galt auch für den Rest der Truppe, Semper waren die Anzeichen einer überdurchschnittlichen Betroffenheit nicht entgangen. Von den Ermittlern über die Gerichtsmedizin bis zur Spurensicherung schien jeder noch ein Quäntchen mehr als normal zu geben. Gleichzeitig setzten die in einer Ermittlung nahezu unvermeidlichen Misserfolge und Sackgassen allen stärker als gewöhnlich zu. Er musste aufpassen, dass sie nicht ausbrannten.

»Lenkt euch ab, denkt an etwas anderes. Manchmal bekommt man gerade durch Abstand eine neue Perspektive in festgefahrenen Ermittlungen. Also, Abmarsch. Wir sehen uns am Montag in aller Frische.«

Er

Aus der Nähe wirkte der Scharlatan mit seinem jungenhaften Lächeln auf ihn beinahe sympathisch, auch wenn er keinen Augenblick aus seiner Rolle als Motivationskaiser fiel. Christian Beinhaupt beglückte die VIPs mit einem exklusiven Pep Talk und vollbrachte das Kunststück, die Euphorie-Epidemie noch weiter aufzuschaukeln.

»Nicht ich stehe heute im Rampenlicht, sondern ihr. Denn jeder von euch ist ein Held.«

Mit derartigem Phrasengedresche erntete er frenetischen Beifall und Jubel. Danach zündete er Stufe zwei seiner Charmeoffensive und bezauberte seine Fans mit lockerem Small Talk.

Auch er ließ den Mental-Guru nicht aus den Augen und hing an seinen Lippen, wenn auch aus anderen Gründen. Es war immer aufschlussreich, Seelenfänger bei ihren Kunstgriffen zu beobachten. Er musste gestehen, dass der Blender, der nur wenige Schritte von ihm entfernt tief in die Trickkiste des Massen-Brainwashings griff, sein Handwerk exzellent beherrschte. Der Erfolg war eindeutig an den Gesichtern der anderen VIP-Gäste abzulesen. Blind vor unstillbarer Sehnsucht nach Fast-Food-Problemlösungen, Happiness und Selbstperfektionierung, hatten sie sämtliche Immunabwehrmechanismen ihres Hausverstandes heruntergefahren und stellten für Christian Beinhaupt eine willige Beute dar.

Interessiert beobachtete er, wie es dem Mental-Coach dabei gelang, trotz vordergründiger Jovialität die Fans durch seine selbstsichere, ausladende Körpersprache auf Abstand zu halten. Ein unterhaltsames Schauspiel eines begabten Entertainers. Würde der sein Talent nicht dazu missbrauchen, einfältigen, unglücklichen oder, noch schlimmer, verzweifelten Menschen das Geld aus der Tasche zu ziehen und sie durch billige Scheinlösungen und unhaltbare Glücksversprechen in Abhängigkeit zu drängen, hätte er nicht die Todesstrafe über ihn verhängt. Aber Christian Beinhaupt hatte sich nun einmal für den Karriereweg des spirituellen Verführers entschieden und damit sein Urteil selbst besiegelt.

»Jeder von euch ist der Schmied seines eigenen Schicksals«, predigte der Intelligenz-Terminator.

Die Ironie entlockte ihm ein Schmunzeln. Schon bald würde sein nächstes Opfer die Konsequenz dieser These am eigenen Leib erfahren. Gott lässt sich nicht verspotten. Was der Mensch sät, das wird er ernten.

Während all dies durch seinen Kopf jagte, nippte Christian Beinhaupt an seinem Tee. Eine eigene Mischung aus Rosmarin, Melisse, Johannis- und Eisenkraut, die er auch in seinen Seminaren und Büchern als reinigend und stärkend für den Geist anpries.

Um seinen göttlichen Auftrag zu erfüllen, musste er noch näher an den Guru herankommen. Er hatte sich einen von dessen Bestsellern besorgt. Mit aufgesetztem, demütigem Lächeln stand er nun vor ihm, streckte ihm das Paperback entgegen und bat: »Wären Sie vielleicht bereit, Ihr Werk zu signieren?«

Wie erwartet drängten sich sofort auch andere Seminarteilnehmer um ihr Idol, um ihre mitgebrachten Bücher durch eine Widmung spirituell vergolden zu lassen. Mit gespielter Bescheidenheit bat der Mental-Coach alle zu einem bereitstehenden Tisch, hinter dem er lässig Platz nahm. Wie zufällig stapelten sich darauf auch seine neuesten auf Papier gebannten Feel-good-Banalitäten und sonstigen Schwachsinnsergüsse. Selbstverständlich käuflich erwerbbar, für ausgewählte Platin-Ticket-Besitzer an diesem Tag sogar zum Sonderpreis.

Zum wiederholten Male wunderte er sich darüber, dass außer ihm offenbar niemand diese Scharade durchblickte.

Christian Beinhaupt signalisierte der Menge, sich ihm einer nach dem anderen zu nähern.

Er reihte sich ziemlich vorne in der Schlange der Fans ein und beobachtete die Teetasse seines auserkorenen Opfers mit Argusaugen. Nur noch eine übergewichtige Frau in Batikhosen und selbst gestricktem Pullover war vor ihm. Langsam erhöhte sein Herz die Taktfrequenz. In seiner linken Hand hielt er Christian Beinhaupts Werk, verborgen in seiner rechten befand sich ein geöffnetes Briefchen mit Arsen – dem Darknet sei Dank.

Als er endlich vor dem verhassten Scharlatan stand, schenkte er ihm sein Strahlelächeln und positionierte seinen Körper so, dass er die weiße Jumbo-Teetasse, auf der eine goldfarbene Spirale prangte, für die hinter ihm Wartenden verdeckte. Während der Seelenfänger an einer Widmung schrieb, ließ er das Pulver mit einer raschen Bewegung in den Tee rieseln, wie er es zu Hause gefühlte hundert Mal akribisch geübt hatte. Arsen, genauer Arsen(III)-oxid, war nicht nur tödlich, sondern bot auch den Vorteil, geruch- und beinahe geschmacklos zu sein. Das leicht süßliche Aroma würde dem Opfer in der Teemischung nicht auffallen.

Mit einem aufmunternden Nicken und guten Wünschen retournierte Christian Beinhaupt das signierte Buch und nahm einen Schluck seines Kräutertranks. Tick-tack, tick-tack.

Wenn seine Recherchen stimmten, würden sein Opfer schon bald Durchfälle, Erbrechen und schmerzhafte Krämpfe plagen. Bei der verabreichten Dosis sollte das Zellgift in einigen Stunden zu einem Nieren- und Herz-Kreislauf-Versagen führen. Fahr zur Hölle, du skrupelloses Schwein.

Drei

Beinahe wäre das verfrühte Ableben Christian Beinhaupts als tragischer Tod durch ein unerwartetes Kreislaufversagen abgetan worden. Aufgrund der Annullierung des zweiten Tages der Massenveranstaltung, der Prominenz des Toten sowie der zahlreichen trauernden Fans, die vor der Stadthalle einen Totenschrein aus Kerzen, Blumen und Fotos errichtet hatten, hielt das Ereignis jedoch Einzug in die Medienberichterstattung.

Berühmter Mental-Coach am Sonntagmorgen in seiner Penthouse-Suite im »Hotel zum Dom« tot aufgefunden!

Peter Liebisch, der jeden Morgen aufmerksam eine steirische und eine überregionale Tageszeitung durchblätterte, war diese Schlagzeile sofort ins Auge gesprungen. Nach einer kurzen Recherche suchte er umgehend den Weg zu seinem Chef.

»Er ist zwar nicht erhängt worden wie unsere anderen beiden Opfer, aber nachdem ich alles im Zusammenhang mit Sekten, Esoterik und dergleichen im Auge behalten sollte ... Jedenfalls hatte ich ein komisches Gefühl, als ich die Zeitungsmeldung las. Also habe ich im Netz gestöbert und herausgefunden, dass dieser Christian Beinhaupt vor Jahren einen Journalisten verklagt hat, der einen Bericht über die Nutzlosigkeit und Gefährlichkeit der Tschakka-Fraktion verfasst und ihn darin unter anderen namentlich genannt hat. Ich weiß, das ist alles sehr vage, aber ich denke, wir sollten uns die Sache näher ansehen.«

Der Leiter der Ermittlungseinheit Leib und Leben klopfte seinem Mitarbeiter anerkennend auf die Schulter.

»Peter, wenn es um Informationen geht, bist du ein wahres Trüffelschwein. Gut gemacht!«

Im nächsten Moment hatte er den Staatsanwalt an der Strippe und überzeugte ihn, eine Obduktion anzuordnen. Keine ganz einfache Übung, aber der Zeitungsartikel kam ihm zu Hilfe.

Christian Beinhaupts Lebensgefährtin, die ihn nicht nach Graz begleitet hatte, zeigte sich geschockt vom völlig überraschenden Ableben des gefragten Mental-Coaches, der gesundheitlich topfit war.

»Stellen Sie sich vor, ihre Zweifel verfestigen sich und sie veranstaltet ein Medien-Rambazamba. Besser, es kann uns niemand vorwerfen, dass wir geschlampt hätten.«

Das Argument zog, und einige Stunden später hatte Sonja Adelmann den Leichnam von Christian Beinhaupt auf ihrem Obduktionstisch. Mit einem Ergebnis würden sich die Ermittler allerdings bis zum nächsten Tag gedulden müssen. In der Zwischenzeit setzte Sepp Semper Peter Liebisch auf den Hintergrund von Johannes Hiebler sowie den Verein für Sekten- und Esoterikopfer an, während Markus Steiner und Roswitha Schneeberger versuchten, mehr über Christian Beinhaupt in Erfahrung zu bringen und den Journalisten aufzuspüren, den dieser vor Jahren verklagt hatte.

Christoph Leitner und sein Chef standen vor der Wand mit den Fotos aller am Fall Beteiligten.

»Nehmen wir mal an, dass wir es bei Christian Beinhaupt

mit Mord und demselben Täter zu tun haben«, mutmaßte der Abteilungsinspektor und erweiterte die Sammlung um die Zeitungsmeldung über den Tod des Mental-Coaches. Mit einem dicken roten Filzschreiber versuchten sie, die Verbindungen zwischen den Mordopfern und sämtlichen bisher bekannten Beteiligten sichtbar zu machen.

»Wenn wir mit unserer Vermutung richtigliegen, muss es zwischen Lisa Schreiner, Thomas Handler und Christian Beinhaupt eine Verbindung geben. Sobald wir das Verbindungsglied gefunden haben, haben wir wahrscheinlich auch den Mörder.«

Der Jagdinstinkt ließ die Augen des Abteilungsinspektors fiebrig glänzen. Auch Sepp Semper spürte, dass der Durchbruch greifbar hinter einem halbtransparenten Vorhang lag. Aber jedes Mal, wenn sie hindurchschreiten wollten, schienen sie sich in dem feinfädigen Gewebe zu verheddern.

Unterdessen hatte die Abteilungsassistentin den Journalisten ausfindig gemacht. Da dieser sich jedoch gerade auf dem Weg nach Innsbruck zu einem dreitägigen Symposium über Digitalisierung und Informationsfreiheit im Journalismus befand, mussten sie mit einem Telefonat vorliebnehmen.

»Ja, Christian Beinhaupt hat mich vor vier Jahren auf geschäftsschädigende üble Nachrede beklagt«, bestätigte Ernst Mandler vor dem Hintergrundrauschen der Autobahn. »Wir haben schließlich eine außergerichtliche Einigung gefunden, die darin bestand, dass meine Tageszeitung eine Gegendarstellung gedruckt hat und ich fünftausend Euro an diesen Schaumschläger und selbst ernannten Mental-Coach bezahlt habe.«

Das Thema hatte Ernst Mandler jedoch nicht losgelassen. Er verließ die Tageszeitung und stellte als freischaffender Journalist umfassende Recherchen über Lug, Trug und

Schädigung durch Esoterik und andere Pseudowissenschaften an. Das Ergebnis war ein gut fünf Zentimeter dickes Dossier, an dem sich aber kein namhaftes Printmedium die Finger verbrennen wollte.

»Gerade die, die mit Aberglauben und der Sehnsucht nach dem geheimen Schlüssel zu immerwährendem Glück das ganz große Geld verdienen, verfügen über hervorragende Kontakte und zögern nicht, die besten Anwälte als Geschütze aufzufahren. Sogar die Wirtschaftskammer unterstützt das Geschäft mit aus der Luft gegriffenen Heilsversprechen. Mittlerweile habe ich das Thema ad acta gelegt und schreibe vorwiegend über den Klimawandel sowie Verteilungsungerechtigkeit«, brachte der Journalist seine Geschichte auf den Punkt.

Auf Nachfrage des Chefinspektors gab er unumwunden zu, dass er anfangs einen ordentlichen Groll gegen Christian Beinhaupt gehegt hatte.

»Aber das bringt einen nicht weiter. Irgendwann muss man solche Dinge abhaken und nach vorne blicken.« Diese Feststellung klang durchaus glaubhaft, außerdem war Ernst Mandler heute als freischaffender Journalist und Blogger nicht gerade unerfolgreich, wie Roswitha in ihrer Gründlichkeit ebenfalls recherchiert hatte.

»Sagt Ihnen die Firma AgiloLife etwas?«, wollte Sepp Semper nun wissen.

Ein verächtliches Schnauben drang durch die Leitung.

»Natürlich. Die haben auch einige Seiten meines Dossiers gefüllt. Wirkungslose, sündteure Pillen, vertrieben über eine Schar von Alternativheilern, die in Seminaren einer effektiven Gehirnwäsche unterzogen wurden. Das hinausgeschmissene Geld ist dabei noch das geringste Problem, der Placeboeffekt wirkt in einigen Fällen sogar. Schlimm wird es allerdings dann, wenn dringend notwendige ärztliche Behandlungen verschleppt und die Gesundheit der leichtgläubigen Patienten nachhaltig in Mitleidenschaft gezogen werden.«

Nach einer kurzen Pause fügte er hinzu: »Fairerweise muss man auch zugeben, dass unser Gesundheitssystem seinen Teil dazu beiträgt, viele Menschen in Richtung Heiler-Fraktion zu treiben. Wenn ein praktischer Arzt an einem Tag über hundert Patienten abfertigen muss, entsteht halt kaum das Gefühl, dass sich jemand um einen kümmert. Genau das beherrschen diese sonst so ahnungslosen Scharlatane hingegen perfekt. Sie wickeln Hilfesuchende gekonnt in einen Wohlfühlkokon aus Düften, Tee und Räucherstäbchen und geben ihnen das Gefühl, zuzuhören.«

Semper hatte sein Handy auf Lautsprecher geschaltet, damit sein Kollege mithören konnte, der ihm nun einen vielsagenden Blick zuwarf.

»Sagt Ihnen auch der Fall Petra Kranzbauer etwas?«

»Eine tragische Geschichte«, ertönte es nach einem kurzen Schweigen, »ich habe mir das Ganze quasi aus der zweiten Reihe angeschaut. Aufgrund meiner Erfahrungen war mir klar, dass der Ehemann mit einer Klage kaum eine Chance hatte.«

Der Chefinspektor nahm wahr, wie sein Kollege neben ihm hörbar die Luft ausstieß. Hatten sie das fehlende Verbindungsglied gefunden? Semper bemühte sich um einen ruhigen, beiläufigen Tonfall.

»Herr Mandler, können Sie bitte gleich bei uns vorbeikommen, wenn Sie wieder in Graz sind?«

»Kein Problem. Aber worum geht es genau?«

»Das«, beendete Semper das Gespräch, »erklären wir Ihnen, wenn Sie da sind.«

Christoph starrte das Telefon und dann seinen Chef an.

»Unser erster Beziehungsknotenpunkt zu allen drei Opfern. Ist der Journalist der Schlüssel zur Lösung des Falls, Sepp? Kann es so einfach sein?«

»Noch wissen wir nicht einmal, ob der Mental-Guru überhaupt ermordet wurde, geschweige denn, dass die Morde wirklich in einem Zusammenhang stehen«, versuchte der Ermittlungsleiter einzubremsen. Aber auch in ihm hatte der Funke der Hoffnung bereits ein knisterndes Feuer entfacht.

Es ist nicht der Mond schuld

Sepp Semper verbrachte den Abend in einer eigenartigen Zwielicht-Stimmung, gefangen zwischen dunkler Planlosigkeit und dem aufdämmernden Licht der Erkenntnis. Was, wenn Sonja bei dem Mental-Coach einen Mord nachweisen würde? Ermittlungstechnisch wären sie damit einen Schritt weiter, müssten sich aber gleichzeitig eingestehen, dass sie es tatsächlich mit einem Serienmörder zu tun hatten. Ein Serienmörder in Graz! Allein der Gedanke sorgte über eine Kontraktion des Haarbalgmuskels für ein Aufrichten der Härchen auf seinem Unterarm – eine Reaktion des vegetativen Nervensystems, die der Volksmund als Gänsehaut bezeichnete.

Gleich einem Panther im Zoo, dessen Energie zu groß für den beengten Raum war, zog er im Wohnzimmer seine Kreisbahnen.

»Du kennst die Antwort doch längst, Sepp«, vernahm er Christas Stimme, »vertrau deinem Instinkt.«

Das Problem war nur, dass der Leiter der Ermittlungseinheit Leib und Leben sich in diesem Augenblick fühlte, als hätte jemand die Nabelschnur zwischen ihm und seiner Intuition mit einem scharfen Beil durchtrennt. Da halfen nur Ablenkung und Loslassen. In mehr als einem Jahrzehnt bei der Mordkommission hatte er gelernt, wie wichtig es war, im Zuge zermürbender und emotional aufwühlender Ermittlungen gut auf sich zu schauen und für Ausgleich zu sorgen. Kollegen, die das vergaßen, brannten irgendwann aus oder entwickelten eine indirekte Traumatisierung, wie es im Fachjargon hieß. Alte Hasen in seinem Beruf nannten das Phänomen Mitgefühls-Burn-out, eine Folge der ständigen Konfrontation mit Gewalt, Leid und Traumata. Um der Gefahr von depressiven Verstimmungen, Angst- und anderen psychischen Störungen oder organischen Erkrankungen gegenzusteuern, vertraute er neben Sport auf Kochen, Wein und Musik als bewährte Hausmittel.

Sepp Semper machte sich in seiner kleinen, aber gut ausgestatteten Küche zu schaffen. Da er penibel darauf achtete, dass gewisse Grundzutaten nie ausgingen, fand er sämtliche Ingredienzen für ein Risotto al limone mit Garnelen. Schon bald verbreitete sich ein köstlicher Duft nach Zitrone, mediterranen Kräutern und in Olivenöl gebratenen Meeresfrüchten. Der Chefinspektor rührte noch geriebenen Parmesan und etwas Frischkäse unter den Reis, was diesem eine wunderbar sämige Konsistenz verlieh, goss sich ein Glas Cala Silente ein und trug sein Abendmahl ins Wohnzimmer.

Bevor er es sich bequem machte, fütterte er noch den CD-Player. »London Calling«. Der vielfältige Stilmix aus Punk, Reggae, Pop, Hardrock und Elementen von Rhythm and Blues kam seiner Stimmung entgegen. Sepp Semper gab sich ganz dem sinnlichen Genusspotpourri aus Aromen und Tönen hin und verbannte für gut eineinhalb Stunden den Alltag und potenzielle Mörder aus seinen Gedanken. Stattdessen beschäftigte ihn eine ganz andere Frage: The Clash hatten dieses Doppelalbum 1979 herausgebracht. Später wurde es vom »Rolling Stone«-Magazin zum besten Album der 1980er Jahre gekürt. Konnte man daraus Rückschlüsse auf die Qualität des musikalischen Schaffens dieses Jahrzehnts ziehen?

Die geistige Ablenkung zeigte Wirkung. Als er sich kurz nach dreiundzwanzig Uhr schlafen legte, war er zur inneren Gewissheit gelangt, dass sie es mit einem Serientäter zu tun hatten und der Journalist nicht ihr Mann war.

Der nächste Tag tischte den Grazern jene gefürchtete graue Nebelsuppe auf, die sie im Dezember oftmals bis zu dreißig Prozent der normalen Sonnenscheindauer kostete und sie die Beckenlage ihrer Stadt verfluchen ließ. Die Ermittlungsgruppe Leib und Leben hatte allerdings andere Sorgen. Im Besprechungszimmer waren sämtliche Augen wieder einmal erwartungsvoll auf die Gerichtsmedizinerin gerichtet, die mit der für sie charakteristischen nüchternen Präzision die Ergebnisse der Obduktion von Christian Beinhaupts Leichnam präsentierte.

»Bei der Obduktion habe ich eine käferbohnengroße Erosion an der Magenhinterwand gefunden, was darauf hindeutet, dass hier möglicherweise Giftkristalle haften geblieben sind. Der entsprechende toxikologische Test hat dann die Bestätigung gebracht. Arsentrioxid – mittlerweile ziemlich aus der Mode gekommen, aber Christian Beinhaupt ist definitiv damit vergiftet worden.«

Sonja Adelmanns Offenbarung bewirkte ein kollektives Luftanhalten der gesamten Ermittlungstruppe, gefolgt von einem wilden Durcheinandergeschnatter. Das Schreckgespenst Serienmörder klopfte gleich Edgar Allen Poes Unglücksraben an die Türen ihres Bewusstseins. Irgendwer wollte von der Gerichtsmedizinerin wissen, ob sie von ein und demselben Täter ausgehen konnten.

»Ich bin Wissenschaftlerin, kein Orakel, tut mir leid«, ließ sich diese nicht zu Spekulationen hinreißen.

Sepp Semper wusste, dass sein Team etwas Zeit brauchte, um die neueste Entwicklung zu verdauen.

»Ich schlage vor, jeder holt sich erst mal einen Kaffee und etwas Süßes, bevor wir die bisherigen Ergebnisse im Licht dieser neuen Erkenntnis betrachten werden. Wir sehen uns dann in zwanzig Minuten wieder hier im Besprechungszimmer.«

Während seine Leute der Aufforderung nur zu gerne

nachkamen, winkte der Chefinspektor die Gerichtsmedizinerin zu sich.

»Danke, Sonja. Ich weiß nicht, was wir ohne dich täten. Kann ich dich auf einen Kaffee und ein Linzer Kipferl einladen?«

»Lieb von dir, aber ich muss zurück in die Gerichtsmedizin. Auf mich wartet ein Dutzend Medizinstudenten, die hoffentlich etwas lernen wollen. Ich wollte euch die Neuigkeit nur persönlich überbringen.«

Sie hielt kurz inne, und auf ihrem Gesicht machte sich Besorgnis breit.

»Haben wir es wirklich mit einem Serienmörder zu tun, Sepp?«

»Ich bin zwar auch kein Orakel, aber es deutet einiges darauf hin.«

»Na dann, viel Glück. Ihr werdet es brauchen.«

Als sich alle wenig später erneut versammelten, waren einige noch etwas blass um die Nase, aber ihnen stand eine kämpferische Entschlossenheit ins Gesicht geschrieben, die auf einen baldigen Durchbruch hoffen ließ. Sie brachten einander auf den letzten Stand und ließen unterschiedliche Theorieballons steigen. Konnten sie tatsächlich von ein und demselben Täter ausgehen? Wenn ja, warum hatte dieser seinen Modus Operandi geändert?

»Weil die unterschiedlichen Lebensumstände der Opfer eine differenzierte Vorgehensweise verlangten?«, versuchte es Markus Steiner und erntete von seinem Chef ein anerkennendes Nicken. Auch die letzte blöde Meldung seines unbeliebten Mitarbeiters lag schon einige Zeit zurück. Der Chefinspektor wagte zu hoffen, dass bei ihm doch nicht Hopfen und Malz verloren waren.

Da Semper der Einzige im Team war, der an einem Seminar über Serientäter teilgenommen hatte, ergänzte er die Überlegungen des Teams.

»Serienmörder folgen größtenteils einem klaren Opfer-Schema. Dass sie dabei ihren Modus Operandi variieren, ist hingegen gar nicht so selten, vor allem am Anfang ihrer Mordserie, wo sie noch dazulernen. Ich gehe zudem davon aus, dass wir es mit einem Gesinnungsmörder zu tun haben. Irgendjemand hat hier mit der Esoterikfraktion eine offene Rechnung, und wir müssen davon ausgehen, dass diese noch nicht beglichen ist.«

Nach einigem Hin und Her kamen sie zu dem Schluss, dass der Journalist nach wie vor der Einzige war, bei dem alle Fäden nachweislich zusammenliefen. Auch wenn Sepp Semper von dessen Unschuld überzeugt war, mussten sie ihn so schnell wie möglich verhören. Alles andere wäre im Angesicht der Gefahr von weiteren Morden verantwortungslos gewesen. Der Ermittlungsleiter entschied sich dafür, Christoph Leitner und Markus Steiner zusammengespannt nach Innsbruck zu schicken. Er selbst wollte lieber vor Ort in Graz bleiben und sich um einen Durchsuchungsbeschluss für die Wohnung von Ernst Mandler bemühen, auch wenn er die Chancen auf dessen Erteilung als eher gering einschätzte.

»Du schickst mich ernsthaft mit Steiner los, um einen mutmaßlichen Serienmörder zu verhören?« Kränkung und Irritation standen seinem engsten Mitarbeiter ins Gesicht geschrieben.

»Du sagst doch immer, wenn ich ihm nichts zutraue, wird nie was aus ihm«, versuchte sich der Chefinspektor aus der Affäre zu ziehen. Aber Christoph Leitner nahm ihm die plötzliche Sorge um die Weiterentwicklung des Kollegen nicht ab.

»Was ist los, Sepp? Du glaubst nicht ernsthaft daran, dass Ernst Mandler unser Täter ist, stimmt's?«

Sepp Semper zuckte nur mit den Schultern und blieb eine Antwort schuldig.

Als er wieder an seinem Arbeitsplatz saß, vergrub sich der

Ermittlungsleiter in die Akte zum Fall. Begleitet von einem unrhythmischen Finger-Trommelsolo ging er zum wiederholten Mal sämtliche Details durch. Bei Thomas Handler war der Mörder über die Garage ins Haus eingedrungen. Bei Christian Beinhaupt vermuteten sie inzwischen, dass einer der VIP-Seminarteilnehmer ihn vergiftet hatte. Sonja hatte den Zeitraum der Verabreichung des Arsentrioxids eingegrenzt, es passte zusammen. Seine Leute versuchten gerade mit Hochdruck, die Besitzer der Platin-Tickets ausfindig zu machen, aber sie konnten nicht davon ausgehen, dass der Mörder seinen wirklichen Namen angegeben hatte, und nicht alle Zahlungen ließen sich so einfach nachverfolgen.

Und Lisa – warum hatte sie ihren Mörder überhaupt in die Wohnung gelassen? Und wie hatte der Täter seine beiden Opfer dazu gebracht, den Whiskey zu trinken beziehungsweise die K.-o.-Tropfen zu schlucken? Hatte er eine Waffe benutzt? Fragen über Fragen, ohne Antwort. Er kam einfach nicht weiter, es war zum Aus-der-Haut-Fahren. Um Ordnung in seine Gedanken zu bringen, fing er an, die Kärtchen mit den Ermittlungsdetails auf der Pinnwand nach Informationen über die Opfer, Tatortinformationen, forensischen Daten sowie Details aus den bisherigen Verhören zu ordnen. Er ließ sein Werk auf sich wirken, entschied, dass etwas fehlte, und begann nach kurzer Überlegung, einige neue Kärtchen zu schreiben, die er unter der Überschrift »Gemeinsamkeiten« gruppierte:

Primäres Motiv: Rache
Sekundäres Motiv: Machtbeweis
Vorgehen: geplant (bei Lisa zumindest der Besuch)
Ort: zu Hause beziehungsweise VIP-Raum (also drinnen)
Tötungsart: indirekte Gewalt (zuerst betäuben, vergiften)

Dynamik: geplante, kontrollierte Aggression
Täterprofil: gebildet? ordentlich? aus geordneten Verhältnissen?

Aber auch diese strukturierte Fallanalyse brachte keinen wegweisenden Erkenntnisgewinn. Frustriert begab er sich in die Kantine, um sich mit einem Kaffee und einem Linzer Kipferl zu stärken. Sein Blick fiel auf eine herumliegende Tageszeitung, geistesabwesend blätterte er sie durch. Auf der letzten Seite prangte ein Foto von Patrick Stewart, der gerade achtzig geworden war. Sepp Semper musste schmunzeln, hatte er als Jugendlicher doch mit Begeisterung die Abenteuer des glatzköpfigen Captain Jean-Luc Picard verfolgt. Gleichzeitig spürte er, wie eine Idee an der Tür zu seinem Bewusstsein kratzte.

Auf seinem Rückweg legte er einen Stopp bei Peter Liebisch ein, der gerade dabei war, aus den Tiefen des Internets alles ans Licht zu zerren, was er über den Mental-Coach und den Journalisten finden konnte.

»Etwas Interessantes dabei?«, wollte Semper wissen.

»Ernst Mandler hat nach der gerichtlichen Kollision mit Christian Beinhaupt für einige Zeit eine Chat-Plattform betrieben, auf der sich von diesem esoterischen Quatsch hinters Licht Geführte austauschen konnten. Von Schuldenbergen bis zu psychischen und gesundheitlichen Folgeschäden findet man da so ziemlich alles. Unglaublich! Seit etwas über einem Jahr wird die Plattform aber nicht mehr aktiv betrieben.«

Der Chefinspektor massierte sich gedankenverloren das Kinn.

»Das sollte trotzdem als Argument für eine Vorladung und Hausdurchsuchung reichen. Bist du auf jemanden gestoßen, der eines unserer Todesopfer erwähnt?«

Peter Liebisch schüttelte bedauernd den Kopf.

»Gute Arbeit, Peter, danke. Mach weiter.«

Auf dem Weg zu seinem Arbeitsplatz drehte Semper sich noch mal um. »Kannst du bitte diesen Johannes Hiebler erst mal genauer unter die Lupe nehmen?«

Auf den fragenden Blick seines Mitarbeiters erwiderte er: »Nur so ein Gefühl … Aber du würdest mir einen großen Gefallen tun.«

Der Staatsanwalt erklärte sich einverstanden, den Durchsuchungsbeschluss zu erteilen und Ernst Mandler zur Vernehmung vorzuladen. Für Gefahr im Verzug sah er allerdings nicht genügend Anhaltspunkte. Das bedeutete, sie mussten warten, bis Christoph und Markus mit dem Journalisten aus Tirol zurückkehrten, damit sie die Wohnungsdurchsuchung in seinem Beisein durchführen konnten. Sepp Semper hatte seine rechte Hand telefonisch über die jüngsten Entwicklungen informiert. Er erwartete das Trio für morgen Mittag zurück. Seine Unruhe steigerte sich mit dem Vorrücken des Uhrzeigers. Irgendwie ging alles plötzlich verdammt schnell, und er wurde das Gefühl nicht los, dass sie mit Vollgas in die falsche Richtung unterwegs waren.

Die Straßen sind nicht zum Träumen da

Christoph Leitners Magen gab ein leises Knurren von sich. Er hatte seit dem Frühstück nichts gegessen, und der Zeitbedarf für die Autofahrt nach Innsbruck ging in die Höhe wie der Hefeteig für Tiroler Buchteln. »Aufgehen« hieß das in der Küchensprache, so wie auch ein Plan aufging oder eben auch nicht. Während der dreieinhalb Stunden, die sie bereits unterwegs waren, hatte er sich wiederholt die Frage gestellt, ob die Vernehmungsstrategie, die er sich zurechtgelegt hatte, aufgehen würde.

Aufgrund des starken Verkehrsaufkommens waren sie erst bis Salzburg gekommen. Auf der Raststation Mondsee hatte Christoph das Steuer an seinen Kollegen übergeben. Er wollte die Fahrzeit zum Nachdenken nutzen. Sein Chef hätte es sich nie nehmen lassen, Ernst Mandler mit ihm gemeinsam zu verhören, wenn er ihn ernsthaft als potenziellen Täter in Betracht ziehen würde. Der Abteilungsinspektor gestand sich ein, dass das flaue Gefühl in seinem Magen nicht nur auf seinen Hunger zurückzuführen war, sondern auch daher rührte, dass er wieder einmal sauer auf Sepp Semper und dessen Soloeinlagen war.

Der Journalist war der Einzige mit einer nachgewiesenen Beziehung zu allen drei Opfern. Den Fotos nach zu urteilen wirkte er groß und durchtrainiert und damit körperlich durchaus in der Lage, die Taten begangen zu haben. Rache für berufliche Diskreditierung konnte definitiv als Motiv für den Mord an Christian Beinhaupt herhalten. Christoph hatte schon Mörder erlebt, die aus weniger schwerwiegenden Gründen ein Leben ausgelöscht hatten. Die Recherchen des Journalisten hatten ihm die Augen für von der Eso-Fraktion verursachtes Leid und Unglück geöffnet. Er konnte gut nachvollziehen, wie Mandler die Aussichtslosigkeit, rechtlich gegen diese Scharlatane vorzugehen, zusetzte. Dazu kam die ablehnende Haltung, mit der ernst zu nehmende Medien seinem mühsam zusammengetragenen Dossier begegneten. Christoph malte sich aus, wie das Ohnmachtsgefühl des Journalisten schließlich in fanatischen Hass umschlug. Eine durchaus passable Theorie, anhand derer sich auch die Morde an Lisa Schreiner und Thomas Handler erklären ließen. Der Bordellbesitzer hatte erwähnt, Lisa habe ihm gegenüber geäußert, dass jemand gegen AgiloLife vorgehen wollte. Das Gesamtbild war stimmig. Aber Sepp Semper schien diese Fakten einfach zu ignorieren und hielt es nicht für nötig, beim Verhör des Journalisten selbst anwesend zu sein, obwohl alles darauf hindeutete, dass dieser der Mörder war. Der Abteilungsinspektor war entschlossen, sämtliche Register seiner Verhörkünste zu ziehen, um ausreichend Gründe für eine Verhaftung Ernst Mandlers zutage zu fördern.

Der Klingelton seines Handys riss ihn aus seinen Gedanken. »Sepp, was gibt es? Wir sind noch nicht vor Ort.«

»Hör zu, Christoph, Peter ist auf irgendeine Internetplattform gestoßen, die Ernst Mandler bis vor einem Jahr betrieben hat. Kurz gesagt, ein Forum für Esoterik-Geschädigte. Ich habe dem Staatsanwalt einen Durchsuchungsbeschluss und eine Vorladung abgerungen. Mit ›Gefahr in Verzug‹ bin ich allerdings abgeblitzt, sprich, wir müssen mit dem Auf-den–Kopf-Stellen der Wohnung warten, bis ihr mit dem Journalisten vor Ort seid.«

Während die Nummer zwei der Ermittlungsgruppe Leib und Leben die Neuigkeiten verdaute, verspürte er eine gewisse Scham, seinem Vorgesetzten unrecht getan zu haben.

»Verstehe. Ich schätze, dass wir gegen neunzehn Uhr im Hotel ankommen werden. Laut Veranstaltungsprogramm beginnt das gemeinsame Abendessen um zwanzig Uhr, da sollten wir ihn vorher abfangen können. Sobald wir ihn gefunden haben, machen wir uns auf den Rückweg. Mailst du die Vorladung durch?«

»Schon passiert.« Nach einer kurzen Überlegung schlug der Chefinspektor vor, die Heimreise auf den Anbruch des kommenden Tages zu verschieben.

»Bis ihr zurück seid, ist es jedenfalls Mitternacht, und ihr seid sicher müde von der langen Fahrt. Das bringt nichts. Bezieht eure Zimmer wie geplant, schlaft euch aus und holt Ernst Mandler morgen gleich um sechs aus dem Bett.«

Obwohl die Neuigkeiten Christoph mit einem Adrenalinschub und damit neuem Tatendrang versorgt hatten, gestand er sich ein, dass das wohl die sinnvollste Vorgangsweise war, und stimmte seinem Vorgesetzten zu.

»Was ist los?« Markus Steiner sah ihn mit großen, fragenden Augen an, erpicht darauf, die Neuigkeiten zu erfahren. Nachdem der Abteilungsinspektor ihn in seiner knappen, präzisen Art über die letzten Entwicklungen gebrieft hatte, lautete Steiners erster Kommentar: »Der Chef weiß schon, was er tut.« Nach einer kurzen Pause legte er nach: »Das Hotel hat einen Wellnessbereich. Wenn wir Glück haben, finden sich in der Sauna ein paar steile Hasen.«

Christoph wollte den Kommentar einfach ignorieren, als jedoch die Ankündigung einer Autobahnraststätte in seinem Blickfeld erschien, entschied er sich dagegen. »Nachdem wir ja noch gute zwei Stunden nebeneinander im Auto vor uns haben, was halten Sie davon, wenn wir da vorne nochmals auf einen Kaffee stoppen? Es gibt da ein paar Dinge, die ich Ihnen schon länger sagen wollte, Herr Kollege.«

Er

Er wiederholte sein Ritual, fingerte eines der Papierröllchen aus der Steinschale und entfaltete es mit zeremonieller Ehrfurcht. Der Name auf dem pergamentartigen Zettel entlockte ihm ein zufriedenes Nicken. Er betrachtete das entsprechende Schwarz-Weiß-Foto auf seiner Missionswand und kreiste es mit einem roten Filzstift ein. Rechts davon prangte die zugehörige Geschichte, die er in seiner schnörkellosen Handschrift stichwortmäßig auf einem linierten Notizblockblatt festgehalten hatte. Er brauchte sie nicht zu lesen, kannte sie, wie auch all die übrigen tragischen Geschichten zu den Bildern. Diese stammte von einem befreundeten Psychotherapeuten und glich in ihrer Essenz all den anderen:

Ein Ehepaar mit Beziehungsproblemen sucht bei seinem Freund therapeutischen Rat und beginnt eine psychoanalytisch orientierte Paartherapie. Nach drei Sitzungen erklärt die Frau, dass sie nicht mehr weitermachen will. Sie hat einen Klangschalentherapeuten kennengelernt, der sie mit den Worten »Warum willst du dich unnötig quälen? Ich löse deine inneren Blockaden und Verletzungen ganz bequem und schmerzfrei und sorge dafür, dass Energie und Liebe wieder frei in dir fließen können« zum Abbruch der therapeutischen Sitzungen bewogen hat. Nach zwei Monaten sucht der Ehemann den Therapeuten erneut auf. Anfangs, berichtet er, sei seine Frau gelöst und voll positiver Energie gewesen, die Beziehung habe sich verbessert. Dann entgleitet ihm seine Frau zusehends. Sie besucht laufend Seminare und Klangschalen-Meditationen und wirft ihrem Mann vor, sich spirituell nicht weiterzuentwickeln. Ein Monat später verlässt sie ihn und die beiden gemeinsamen Kinder. Sie hat sich in ein Mitglied der Meditationsgruppe verliebt und zieht mit ihm in die Nähe ihres geistigen Führers. Nach weiteren drei Monaten kehrt ihr neuer Partner der Sekte und ihr den Rücken. Daraufhin steuert die Frau ihr Auto mit Vollgas gegen eine Betonmauer. In ihrem Abschiedsbrief schreibt sie über ihr schlechtes Gewissen, weil sie Mann und Kinder verlassen hat, und von der Enttäuschung über das Zerplatzen ihres Lebenstraums. Der Klangschalen-Guru bleibt unbehelligt, da ein ursächlicher Zusammenhang zwischen ihrem Selbstmord und seiner Pseudotherapie nicht eindeutig nachweisbar ist.

Das erregende Kribbeln der Vorfreude war wieder da. Er dankte dem Herrn für seine neue Instruktion, bat um himmlischen Beistand und gelobte, seine Aufgabe zu erfüllen, randvoll gefüllt mit Vertrauen, dass Gott ihm auch diesmal die geeignete Tötungsmethode enthüllen und ihn vor einer Entdeckung schützen werde. Zum Abschluss seines Gebets las er mit sicherer, sonorer Stimme den Psalm 23.

Der Herr ist mein Hirte …

Und ob ich schon wanderte im finstern Tal …

Danach war es Zeit für sein Reinigungsritual. Rasierer, Körperbürste und eine Schale mit Meersalz standen schon im Badezimmer parat. Zuerst säuberte er seinen Körper unter dampfend heißem Wasser gründlich von irdischem Schmutz und entfernte sorgfältig sämtliche Kopf-, Bart- und Brusthaare. Nachdem er sich trocken gerubbelt hatte, kleidete er sich in einen baumwollenen Kaftan und betete erneut, um seine Seele bereit zu machen, als Gefäß für Gottes Geist zu dienen. Damit war er für seinen neuen Auftrag gerüstet. Noch an diesem Abend würde er mit der Observation seines nächsten Opfers beginnen.

Nächte, wo man fremde Wege geht

Rund dreihundertfünfzigtausend Tinder-User österreichweit, davon vierundfünfzig Prozent Männer. Deren Profilbild war für sie das ausschlaggebende Entscheidungskriterium. Sein Foto hatte Sex-Appeal: Dreitagebart, hohe Wangenknochen, kräftiger, kantiger Unterkiefer – optisches Attest eines hohen Testosteronspiegels. Mehr war nicht zu erwarten, und mehr wollte Sonja Adelmann auch nicht. Sie warf nur einen flüchtigen Blick auf das persönliche Statement, das mit gutem Grund auf fünfhundert Zeichen beschränkt war. Nichts konnte abtörnender sein als phantasie- und geistlose Selbstbeschreibungen.

»Wische nach rechts, wenn du keine Angst vor Bad Guys und Lust auf Abenteuer hast«, war alles, was er preisgab. So weit, so gut. Ein Swipe nach rechts reichte da nicht aus. Ohne zu zögern, tippte sie auf das blaue Sternsymbol, um den Mann wissen zu lassen, dass ihr Interesse an einem Treffen außerordentlich hoch war. Sofort erschien die Nachricht: *»It's a Match!«* Die Bestätigung tat gut, auch wenn Sonja sie für ihr Selbstwertgefühl nicht nötig hatte.

»Das Spiel möge beginnen«, murmelte sie und tippte mit flinken Fingern »Du glaubst ja gar nicht, wie oft ich nach links swipen musste, um dich zu finden. Lust auf ein Treffen?« ins Chatfenster. Ihre Freundinnen legten Wert auf ein Chat-Vorspiel, bevor sie sich mit jemandem trafen, doch die Gerichtsmedizinerin sah darin nur einen potenziellen Stimmungskiller.

Zwei Stunden später saß sie ihm in der Pizzeria am

Dietrichsteinplatz gegenüber. Beim Begrüßungskuss auf die Wange nahm sie einen Hauch von Zitrusnoten, Moos und Holz wahr. Sie ergatterten einen Ecktisch auf der Galerie und entschieden sich für Aperol und eine Napoli. In natura wurde ihr Gegenüber seinem Profilbild gerecht, genauso wie ihren niedrigen Erwartungen punkto Dialog. Tinder war eben keine Plattform für fesselnde Gespräche, eher für Fesselspiele. Nach einer Viertelstunde verlagerte sie ihre Konzentration auf seine schmalen, aber schön geschwungenen Lippen, um seinen selbstgefälligen, espritlosen Monolog auszublenden. Von wegen Bad Guy und Abenteuerlust. Hinter der attraktiven Fassade verbarg sich bloß ein aufgeblähtes Ego. Aber um innere Werte ging es ihr an diesem Abend nicht. Ihr Blick wanderte zu den farbenfrohen Bildern an den Wänden, und sie überlegte, ob diese als Phantastischer Realismus durchgingen. Als ihre Gedanken schließlich zu Sepp Semper und dem Stand der Ermittlungen wanderten, wurde ihr klar, dass es Zeit war, einen Zahn zuzulegen.

»Iss, sonst wird deine Pizza kalt. Außerdem bekomme ich Lust auf das Dessert, das wir bei dir zu Hause einnehmen.«

Die Worte zeigten die beabsichtigte Wirkung, sein Wortschwall verstummte mitten in der Schilderung eines tollkühnen Segelmanövers, und er machte sich hastig daran, seinen Teller zu leeren.

Der Sex war hungrig und lustvoll, genau was sie in dem Moment brauchte. Kurz vor Mitternacht trat sie aus seiner Dusche und wählte die Nummer ihres bevorzugten Taxiunternehmens.

»Sehen wir uns wieder?«, rief er ihr vom Bett aus zu.

Sie schüttelte den Kopf. »Man soll aufhören, wenn es am schönsten ist.« Zum Abschied warf sie ihm noch eine Kusshand zu.

Als die beleuchtete Fassade der Basilika Mariatrost mit ihren viergeschossigen Zwiebeltürmen in ihrem Blickfeld auftauchte, hatte sie seinen Namen bereits vergessen. Die Serienmorde hatten ihn aus ihren Gedanken verdrängt. Sie fragte sich, welche Spuren Sepp Semper gerade verfolgte und ob sie bald eine weitere Leiche auf ihrem Obduktionstisch haben würde. Der Taxameter sprang gerade auf achtundvierzig Euro, als der weiße Mercedes in die von Einfamilienhäusern und Birken gesäumte Wenisbucher Straße abbog. Zeit, in ihrer cognacfarbenen Umhängetasche nach der Geldbörse zu kramen.

Ich bin ein unschuldiges Opfer

Bei der Wohnungsdurchsuchung hatten sie Aufzeichnungen gefunden, die belegten, dass Ernst Mandler nach wie vor Recherchen über die giftigen Blüten des Esoterik-Booms anstellte. Sowohl AgiloLife als auch Christian Beinhaupt tauchten in dem Dossier auf. Im Verhör gab der Tatverdächtige an, in naher Zukunft ein Buch über das Thema herausbringen zu wollen. Das alles passte zu Christoph Leitners Theorie, dass der Täter von Lisa ein Schuldeingeständnis wollte.

»Hören Sie auf, uns etwas vorzumachen. Das Thema hat Sie nicht losgelassen, und je mehr Scharlatane und Esoterik-Opfer Sie aufgestöbert haben, desto größer wurde Ihr Hass. Der Gesetzgeber schützt Konsumenten vor jedem Blödsinn, nur nicht vor dieser Gefahr für Finanzen, Körper und Seele. Irgendwann hat es Ihnen dann gereicht, und Sie haben beschlossen, die Sache selbst in die Hand zu nehmen. So war es doch, Herr Mandler«, versuchte Christoph, den Journalisten unter Druck zu setzen.

»Ja, das Thema hat mich nicht losgelassen. Wir entfernen uns zunehmend von unseren intellektuellen Ressourcen und einer aufgeklärten, kritischen Geisteshaltung. Stattdessen zieht es immer mehr Menschen zu diesen Plattitüden, die am Glücksmarkt als ultimative Weisheiten verkauft werden. Menschen wie Thomas Handler, Christian Beinhaupt und auch Lisa Schreiner sind gefährlich. Darum will ich dieses Enthüllungsbuch herausbringen. Aber deswegen habe ich sie doch nicht umgebracht. Ich habe durch ihren Tod nichts gewonnen.«

»Sie wollten Lisa Schreiner zu einer Aussage gegen AgiloLife bewegen, und sie hat sich geweigert. Da haben Sie rotgesehen. Tun Sie uns allen einen Gefallen und gestehen Sie endlich, Herr Mandler.«

Der drahtige Mann mit dem kantigen Profil leugnete weiterhin vehement, etwas mit den Morden zu tun zu haben, konnte sich aber auch nicht durch ein wasserdichtes Alibi entlasten. Damit war er nun eindeutig zu ihrem Hauptverdächtigen avanciert.

Während sein Kollege den Journalisten weiter in die Mangel nahm, erinnerte Sepp Semper sich daran, dass Lenka Kovac einen Clubbesucher erwähnt hatte, auf den Lisa eigenartig reagiert habe. Er griff zu seinem Handy und bat sie, zu einer Gegenüberstellung zu kommen. Eine Identifikation wäre zwar kein eindeutiger Beweis, aber ein weiteres belastendes Indiz gegen Ernst Mandler.

Nur fünfunddreißig Minuten später stand die Slowakin in der Tür des Großraumbüros. Sie erblickte den Ermittlungsleiter und stürzte sich hoffnungsvoll auf ihn. »Haben Sie Lisas Mörder gefunden?«

»Wir haben einen Verdächtigen. Die Frage ist, ob Sie in ihm den Mann wiedererkennen, der kurz vor Lisas Ermordung im Club aufgetaucht ist.«

Semper führte sie zum Einwegspiegel, durch den man in den Verhörraum blicken konnte, in dem Christoph Leitner sich weiter abmühte, seinem Gegenüber ein Geständnis zu entlocken. Der Chefinspektor hielt gebannt den Atem an, während Lenka Kovac die Szene beobachtete. Sie benötigte gerade mal zwei Sekunden, bevor sie enttäuscht den Kopf schüttelte. »Nein, diesen Herrn habe ich noch nie gesehen.«

Wieder ein Strohhalm, der dem Druck der Beweislast nicht standgehalten hatte. Es war zum Verzweifeln.

In diesem Moment kam Peter Liebisch auf sie zu.

»Chef, ich bin auf ein Internetforum von einem fanatischen Esoterikhasser gestoßen. ›Gottloses Gesindel‹ ist noch der schmeichelhafteste Ausdruck, der sich darauf findet. Der Betreiber nennt sich ›Erzengel Michael‹ und kündigt an – ich zitiere –, ›die Erde von der Satansbrut dieser falschen Propheten zu reinigen‹.«

»Kannst du herausfinden, wer dahintersteckt?« Sepp Semper war ganz Ohr und bemerkte nicht, dass Lenka Kovac inzwischen weitergegangen war und nun eingehend die Fotos aller am Fall Beteiligten musterte, die sie auf der Wand aufgeklebt hatten.

»Das ist nicht so einfach. Er benutzt eine .to-Domain, einer der wenigen Anbieter, bei dem man sich anonym registrieren kann. VPN-Verschlüsselung, Zahlung mit Bitcoin, das volle Verschleierungsprogramm. Der Typ weiß, was er tut …«

»Der da, der war an dem Abend im Club.«

Die aufgeregte Stimme der Slowakin riss die beiden Männer aus ihrer Unterhaltung. Im nächsten Augenblick stand der Ermittlungsleiter neben Lenka Kovac, die mit dem Finger auf eines der Porträtfotos zeigte.

»Sind Sie ganz sicher?«

»Ja, damals hatte er allerdings noch kurze Haare.«

Die Augen der jungen Frau glitzerten, als sie sich dem Chefinspektor zuwandte.

»Wenn das Lisas Mörder ist, sorgen Sie bitte dafür, dass er zur Verantwortung gezogen wird.«

Inzwischen war auch Peter Liebisch zu ihnen gestoßen.

»Ich schaue sofort, ob ich die Plattform mit ihm in Verbindung bringen kann. Jetzt weiß ich ja, wonach ich suche.«

Kreuzzug

Ernst Mandler hatte zwar lautstark seinem Unmut über die haltlosen Verdächtigungen und den erzwungenen Abbruch seiner Symposiumteilnahme Luft gemacht, letztendlich aber verhältnismäßig wenig Aufstand entfacht. Sepp Semper hatte sich für die Unannehmlichkeiten entschuldigt, und als der Journalist das LKA mit hocherhobenem Kopf und schnellem Schritt verließ, war ihm die Erleichterung, wieder auf freiem Fuß zu sein, deutlich anzumerken.

Mittlerweile hatte sich das gesamte Ermittlungsteam hinter Peter Liebisch eingefunden und starrte gebannt auf dessen Bildschirm. Neben Geschichten von Geschädigten und Bekehrten fanden sich dort Kommentare zur Unvereinbarkeit von Gott und Esoterik.

»Spiritualität und Heilung sind Gottes Werk, Esoterik ist des Teufels Beitrag« stand dort in goldenen Lettern zu lesen.

»Glaubenskrieg zweier fanatischer Fraktionen«, bemerkte Semper trocken.

»Der christliche Hintergrund dieses Schwachsinns würde zu ihm passen«, räumte Christoph Leitner ein. »Offenbar hat er sich vor den Morden den Kopf rasiert, das würde erklären, warum wir an den Tatorten keine Haare gefunden haben.«

»Da«, Semper deutete aufgeregt auf einen Blogbeitrag, »›Juju-Experten‹, dieses Wort hat er doch auch in dem Gespräch mit uns verwendet. Und Lisas Mitbewohnerin hat ihn eindeutig identifiziert. Wir brauchen sofort einen

Durchsuchungsbeschluss. Diesmal besteht kein Zweifel, dass Gefahr im Verzug ist.«

Vom LKA benötigten sie trotz hohen Verkehrsaufkommens auf der Straßganger Straße nur acht Minuten nach Graz-Eggenberg, wo der von Lenka Kovac identifizierte Nachtclubbesucher in der Burenstraße ein etwas in die Jahre gekommenes, aber gut erhaltenes Einfamilienhaus bewohnte. Daneben stand ein verwaister Carport, offenbar war der Bewohner samt Auto ausgeflogen. Als auf sein Klingeln hin niemand öffnete, bedeutete der Ermittlungsleiter dem Durchsuchungsteam, die Tür mit dem polizeilichen Dietrich-Set zu öffnen. Rasch durchquerten sie den schmalen Vorraum und schwärmten dann systematisch in die anderen Räume aus, um sicherzustellen, dass ihnen niemand auflauerte.

Das Zuhause des allein lebenden Mannes strahlte eine Mischung aus Ordentlichkeit und Biederkeit aus, ein Eindruck, der vor allem von den im Vorraum bereitstehenden Filzpatschen, dem unechten Perserteppich, der beigefarbenen Stoffcouch mit passenden Fauteuils und der Vollholzwohnwand mit einer Glasvitrine im Stil der neunziger Jahre genährt wurde. Auch die weiße Spanplatten-Küche passte in Sepp Sempers Augen zu einem Mann des Glaubens. Benutztes Geschirr stand keines herum, alles war sauber abgewaschen, in einer Abtropftasse trockneten ein Porzellanhäferl, zwei Teller und etwas Besteck. Da die Wohnfläche nur rund sechzig Quadratmeter betrug, hatten sie das Gebäude rasch durchkämmt.

»Nichts. Verflucht noch einmal, der Fall treibt mich noch in den Wahnsinn!«, machte der Chefinspektor seinem Frust Luft.

Christoph deutete aus dem Fenster. »Dort hinter dem Baum steht noch ein Schuppen. Den sollten wir uns der

Ordnung halber auch vornehmen.« Es klang eher resigniert als hoffnungsvoll.

Die windschiefe Holzhütte war mit einem Vorhängeschloss gesichert, das sich ebenfalls problemlos öffnen ließ. Sie diente als Abstellraum für Gartengeräte, Werkzeug und ein Fahrrad sowie einen Satz Autoreifen. Auch hier herrschte peinliche Ordnung, am Boden lag sogar ein Fleckerlteppich. Belastungsmaterial war hier genauso Fehlanzeige wie im Wohnhaus.

Sie waren schon mit hängenden Köpfen Richtung Gartentor unterwegs, als Markus Steiner meinte: »Wisst ihr, was komisch ist? Das Haus ist nicht unterkellert.«

Sepp Semper erstarrte. Im nächsten Atemzug rannte er wieder auf den Schuppen zu. Die anderen folgten ihm mit etwas Verzögerung. Als sie durch die Tür traten, riss der Ermittlungsleiter bereits am Teppich. Wenige Augenblicke später standen sie vor einer Falltür, die ebenfalls mit einem Schnappschloss gesichert war. Mit seinem Spezialwerkzeug hatte Markus Steiner auch dieses rasch geöffnet. Ein dunkler Abgrund, in den eine hölzerne Treppe hinabführte, gähnte ihnen entgegen. Die Erregung im Gesicht jedes Einzelnen war zu gleichen Teilen freudig wie bange.

»Wir brauchen Licht. Und Christoph, fordere Verstärkung an. Ich habe ein ungutes Gefühl.«

Dank der Ordnungsliebe des Besitzers hatten sie rasch zwei Stabtaschenlampen gefunden. Sepp Semper stieg als Erster hinab in das unterirdische Gewölbe. Dort erwarteten sie neben modrigem Geruch nur ein paar herumliegende Ziegel und Holzbretter sowie ein leeres Regal. Der Chefinspektor ließ den Lichtkegel seiner Taschenlampe über die steinernen Wände wandern und entdeckte eine kleine Holztür, die offenbar in einen weiteren Raum führte. Er stieß sie mit dem Fuß auf und spürte, wie sich seine Nackenhaare aufstellten.

»Heilige Scheiße«, murmelte Christoph, der inzwischen neben seinem Chef stand. Markus Steiner hatte es ausnahmsweise einmal die Worte verschlagen.

An der hinteren Wand stand ein Tisch, der mit Kerzen, Kruzifix, Madonnenfiguren, einem verzierten Kelch und einer steinernen Schale wie ein Altar anmutete. Darüber hing eine Pinnwand, die mit zwölf Fotos und dazugehörigen Notizen gespickt war. Die Ermittler erkannten Lisa Steiner, Thomas Handler und Christian Beinhaupt, deren Bilder links gruppiert und mit einem schwarzen Kreuz übermalt waren. Acht weitere Konterfeis befanden sich rechts, eines war in der Mitte platziert und mit einem roten Kreis umrahmt.

»Sein nächstes Opfer«, entfuhr es ihnen beinahe unisono.

Sepp Semper hatte bereits sein Handy in der Hand, um Roswitha den Namen und die vorhandenen Zusatzinformationen durchzugeben. Sie mussten die Person umgehend ausfindig machen und schützen.

»Scheiße, kein Empfang hier unten.«

In dem Moment hörten sie das dumpfe Geräusch einer zuschlagenden Falltür.

Er

Er hatte die Bullen unterschätzt. Dass sie irgendwann seine Witterung aufnehmen würden, war klar, aber so rasch … Für ausgeklügelte Pläne und Versuche, die Tat zu verschleiern, blieb keine Zeit mehr, jetzt war Brachialgewalt angesagt. Sie würden ihn fassen, daran zweifelte er nicht. Aber er hatte sich einen Vorsprung herausgeschunden, und den würde er nutzen, um einer weiteren Giftschlange den Kopf abzuschlagen. In dem Augenblick, als er das Papierröllchen mit dem Namen aus der Schale gezogen hatte, hatte Gott seinen Urteilsspruch verkündet, und es war seine Pflicht, diesen zu vollstrecken. Die Walther P1, Kaliber neun Millimeter, die er sich über das Darknet besorgt hatte, würde diesmal nicht Einschüchterungs-, sondern Vollstreckungsinstrument sein.

Dank seiner Recherchen wusste er, wo die Praxis des Klangschalentherapeuten lag. Wenn sein auserkorenes Opfer demselben Tagesrhythmus wie gestern folgte, wäre es jetzt dort anzutreffen. Mit dem Auto sollte er die Strecke in zwanzig Minuten schaffen.

Schwarze Löcher

Die drei Ermittler feuerten ihre Dienstwaffen auf die Falltür ab. Das Holz splitterte unter dem Feuer aus den kompakten Glocks, aber offenbar hatte ihr Widersacher einen schweren Gegenstand über die Öffnung geschoben. Da sie auf der Leiter nur einzeln stehen und auch nur mit eingeschränkter Kraft nach oben drücken konnten, gelang es ihnen nicht, das Hindernis aus dem Weg zu schaffen.

Christoph Leitner wählte Roswithas Nummer, erhielt ein Freizeichen, hörte das abgehackte »Ha…« eines Hallos, dann war die Verbindung weg.

»Scheiße! Ich versuche es mit einer SMS, vielleicht geht die ja durch. Außerdem müsste die angeforderte Verstärkung bald hier eintreffen. Mehr können wir momentan nicht tun.«

Sepp Semper wusste, dass sein Kollege damit recht hatte.

»Wir sollten Roswitha alle drei eine SMS schicken, das erhöht die Chancen.«

Gesagt, getan. Nun begann das Warten. In ihren Köpfen mutierte das Kellerverlies zu einem schwarzen Loch, aus dem weder Informationen noch Materie nach außen dringen konnten und an dessen Rand die Zeit stillstand.

Im Paralleluniversum der Welt außerhalb des Kellers war der Mann auf dem Weg zu seinem vierten Opfer zwar in keinem schwarzen Loch, aber im Grazer Freitagnachmittagsverkehr gefangen, was auch nicht viel besser war. Man hätte sogar meinen können, dass die Materie in der Conrad-von-Hötzendorf-Straße noch dichter gepackt war als in einem der besagten astronomischen Objekte. Der vom Stau erzwungene Stillstand strapazierte sein Nervenkostüm und ließ auf seiner Stirn und seiner kahl geschorenen Kopfhaut feine Schweißperlen entstehen. Ein Blick auf seine Uhr offenbarte ihm, dass er bereits siebzehn Minuten unterwegs war und noch mindestens fünfzehn vor sich hatte. Stück für Stück rückten Sekunden- und Minutenzeiger in ihrer unerbittlichen Sturheit weiter vorwärts. Die Zeit lief ihm davon.

Schwarz war auch die Einsatzkleidung der Sondereinheit Sektor Graz, die die Ermittler zur Verstärkung angefordert hatten. Der eingehende Funkspruch veranlasste das Dreimannteam, die Richtung zu ändern. Blaulicht und Martinshorn verschafften ihnen größtenteils freie Fahrt, allerdings gab es immer ein paar Idioten, die nicht in der Lage waren, ihr Fahrzeug rechtzeitig zur Seite zu bewegen. Am Ziel angekommen stürmten die drei Männer, die eine Spezialausbildung in Taktik, Nahkampf, Überwältigungstechniken und Schießen genossen hatten, bewaffnet mit Glocks und Tasern in das dreistöckige Gebäude.

Die Selbstgespräche des menschlichen Gehirns waren mitunter ein Mysterium. Da standen sie, eingeschlossen im Keller eines irren Serientäters, der wahrscheinlich gerade auf dem Weg war, einen weiteren Mord zu verüben, und Sepp Semper fragte sich, welche Veränderungen Lisa wohl an ihm festgestellt hätte, wären sie sich nochmals begegnet. Nicht mehr so unbeschwert? Langweiliger und konservativer? Eigenbrötlerischer? Als sie jung waren, hatten sie oft über die Verantwortung des Einzelnen gegenüber der Gesellschaft diskutiert. Wie eine in einem Schallplattenkratzer hängen gebliebene Tonnadel hatte Lisa beständig ihr Mantra von Selbstbestimmtheit und individueller Freiheit heruntergebetet. Er hingegen war überzeugt, dass es in einer zunehmend vernetzten Welt, in der die Handlungen jedes Einzelnen Auswirkungen auf andere hatten, wieder mehr soziale Verantwortung brauchte und Bürgerrechte nur aus Bürgerpflichten gedeihen konnten. Eine Auffassung, in der auch seine Berufswahl begründet lag. Aber kam er seiner gesellschaftlichen Verantwortung nach? War er ein anständiger Mensch? Hatte er nicht Lisa im Stich gelassen, als sie ihn gebraucht hätte? Sepp Semper schüttelte den Kopf, um den unliebsamen Gedankengängen einen neuen Richtungsimpuls zu geben.

»Herrschaftszeiten noch einmal, wo bleibt unsere Verstärkung? Wir sind jetzt bald eine halbe Stunde hier unten eingeschlossen. Der Irre ist wahrscheinlich direkt zu seinem nächsten Opfer gefahren. Wenn nicht ein Wunder passiert, haben wir bald noch einen Toten. Und das alles, weil wir nicht aufgepasst haben und es in diesem verdammten schwarzen Loch keinen Handyempfang gibt.«

Die Tür zur Klangschalenpraxis im zweiten Stock ließ sich lautlos öffnen. Von dem mit Orchideen, Buddhastatuen und Mandalas dekorierten Vorraum führte eine Tür zu einem kleinen Badezimmer, hinter einer zweiten war ein lang gezogener, vibrierender Gong zu hören. Der Geruch von Räucherstäbchen lag in der Luft. Lavendel, registrierte sein Gehirn. Mit einem Fußtritt stieß er die Tür auf. Eine blonde Frau lag am Bauch auf einer Matte. Auf ihrem nackten Rücken waren zwei kupferne Klangschalen platziert. Ein Mann in einem weißen Leinenhemd und orangefarbenen Wickelhosen, das lange Haar zu einem Zopf gebunden, brachte gerade die untere mit einem Filzschlegel zum Erklingen. Er blickte auf, seine graugrünen Augen weiteten sich und starrten gebannt in die Mündung der auf ihn gerichteten Pistole, unfähig, sich aus dem Gravitationsfeld dieses schwarzen Loches zu befreien.

»Gott spricht dich schuldig am Tod von Beatrix Trost, die du mit deinem blasphemischen Lug und Trug in den Selbstmord getrieben hast. Ich bin gekommen, um dich im Namen des Herrn zu richten«, verkündete die Gestalt mit feierlicher Stimme und bekreuzigte sich. Der darauffolgende Schuss riss die Frau aus ihrer Schockstarre. Sie schrie. Ihr Gesicht sowie das weiße Hemd des Klangheilers waren mit einem Jackson-Pollock-artigen Muster aus Blutspritzern verziert.

Schuld und Sühne

Johannes Hiebler trug einen Schulterverband. Mit schmerzverzerrtem Gesicht fasste er sich an die Stelle, wo ihn die Kugel des Beamten von Sektor Graz getroffen hatte. Seine Mission war zu Ende, gescheitert, nichts spielte jetzt mehr eine Rolle.

Deswegen breitete er seine Geschichte auch bereitwillig vor Sepp Semper und Christoph Leitner aus. An ihrem Anfang stand der Schmerz über den Verlust des geliebten Bruders.

»Bernhard war schon immer sensibel. Ich habe ihn von klein auf beschützt. Gegen die Hänseleien anderer Jungs, weil er nicht in ihr Schema gepasst hat. Gegen die Wutausbrüche unseres Vaters, der in ihm nur einen Weichling gesehen hat. Auch als Erwachsene hatten wir nach wie vor ein inniges Verhältnis. Fast wie Zwillinge, obwohl ich vier Jahre älter war, verstehen Sie?«

Hiebler blickte den beiden Ermittlern nacheinander in die Augen, suchte dort nach einer Bestätigung. Erst als sie nickten, fuhr er mit seiner Schilderung fort.

»Zuerst ging in Bernhards Leben alles glatt. Er hatte einen guten Job als Buchhalter in einem Handwerksbetrieb und eine nette Frau. Und dann, wie aus heiterem Himmel, haben ihn Scheidung und Jobverlust beinahe gleichzeitig getroffen. Ich bin ihm zur Seite gestanden, habe versucht, ihn aufzumuntern. Dass er sich einige Zeit in Selbstmitleid suhlte, war für mich völlig normal. Das würde doch jeder tun, oder?«

Wieder wartete er auf ein verständnisvolles Kopfnicken seiner Zuhörer.

»Als ich gemerkt habe, dass die Ereignisse sein fragiles Selbstwertgefühl völlig zerschmettert hatten und mein Bruder in dem schwarzen Loch der Depression gefangen war, ist es bereits zu spät gewesen. Ich habe ihn zu einem bekannten Psychotherapeuten geschickt, aber Bernhard hat es nicht geschafft, sich seinen inneren Dämonen zu stellen, und die Therapie nach vier Sitzungen abgebrochen. Er hat sich in sein Schneckenhaus zurückgezogen, den ganzen Tag Junkfood in sich hineingestopft und ist zusehends adipös geworden. Das hat sein Selbstvertrauen nur noch weiter untergraben.«

Mittlerweile sprudelten die Worte nur so aus Johannes Hiebler heraus. Sepp Semper hatte das Gefühl, dass die Beichte ihn erleichterte. Der Mörder von Lisa Schreiner, Thomas Handler und Christian Beinhaupt nahm einen Schluck Wasser, leckte sich kurz über die Lippen, dann fuhr er mit seinen Ausführungen fort.

»Das Einzige, was bei meinem Bruder auf willige Resonanz stieß, waren die verfluchten Selbst-Empowerment-Plattitüden von Christian Beinhaupt. Mantras, mit denen man sich angeblich auf Erfolg programmieren kann. Ich habe auf ihn eingeredet, versucht, ihn zu Spaziergängen zu animieren, ihn gewarnt und angefleht ... alles umsonst – mein Bruder ist mir zusehends entglitten. Er entwickelte eine wahre Seminarsucht, die ihn nach und nach auch in eine finanzielle Misere stürzte. Um zu verstehen, habe ich ihn zu einem dieser Seminare begleitet.«

Hiebler hielt inne, nahm erneut einen Schluck Wasser und wischte sich in einer Geste über die Augen, die wohl unliebsame Erinnerungen verscheuchen sollte.

»Was soll ich sagen? Bernhard entblößte vor Tausenden anderen Leichtgläubigen seine Seele, worauf der falsche Motivationsprophet ihm zubrüllte: ›Du bist ein Siegertyp! Du kannst alles schaffen! Du bist schön!‹ Danach hat Christian Beinhaupt die Menge gefragt, ob Bernhard wie ein Sieger aussehe und schön sei. Alle haben ›Ja!‹ gebrüllt und geklatscht. Es hat mir das Herz gebrochen, als ich die Tränen gesehen habe, die meinem Bruder über die Wangen rannen. Nach solchen Seminaren war Bernhard immer aufgeputscht, beinahe manisch. Aber die erneuten Abstürze kamen immer rascher, wurden immer tiefer. Am 3. November 2014 hat sich mein Bruder dann erhängt.«

Ein paar Atemzüge lang herrschte betretenes Schweigen im Verhörraum.

»Wie ging es danach weiter?«, fragte Sepp Semper schließlich.

»Mein Glaube hat mir Halt in meinem Schmerz gegeben. Ein halbes Jahr später habe ich mich entschlossen, den Verein für Sekten- und Esoterikopfer ins Leben zu rufen. Erst dabei ist mir bewusst geworden, welchen Schaden und welches unsagbare Leid diese Scharlatane anrichten. Rechtlich ist ihnen kaum beizukommen. Meine Wut wuchs mit jedem weiteren Fall, der an mich herangetragen wurde. Als Hermann Kranzbauer mit seiner Geschichte zu uns gekommen ist, habe ich gehofft, Lisa Schreiner überzeugen zu können, gegen AgiloLife auszusagen. Aber sie wollte nur ihre Ruhe. Vor zwei Wochen habe ich sie dann nochmals aufgesucht, weil ich mir Chancen ausgerechnet habe, sie doch noch dazu zu bewegen, ihre Meinung zu ändern. Ich war sauer, weil sie mir im Club Anonym ausgewichen ist. Also habe ich beschlossen, sie zu Hause aufzusuchen. Ich hatte plötzlich das Gefühl, an einem Scheidepunkt angekommen zu sein, unterzog mich einem Reinigungsritual und rasierte mir die Haare. In diesem Augenblick habe ich verstanden, dass Gott mir einen Auftrag erteilt hat, gegen diese Irrlehren vorzugehen.«

Mittlerweile hatte sich das Funkeln des Irrsinns in seinen Augen ausgebreitet. Sepp Semper spürte, wie ein kalter Schauer an seiner Wirbelsäule hochkletterte und seine Nackenhaare aufrichtete.

»Ich wollte Lisa nicht töten, ich wollte sie als Mitstreiterin gewinnen. Den Revolver hatte ich nur eingesteckt, um meinem Anliegen Nachdruck zu verleihen. Sie ließ mich in die Wohnung, hat mich angehört, aber nur gelacht, als ich sie bat, mit ihrer Geschichte an die Öffentlichkeit zu gehen. ›Ich habe mit dieser Vergangenheit abgeschlossen‹, hat sie gesagt und mich aufgefordert, sie in Ruhe zu lassen. Als sie mich schließlich einen Narren genannt hat, der gegen Windmühlen kämpft, ist bei mir wohl ein Damm gebrochen. Ich habe sie mit der Schusswaffe bedroht und gezwungen, die halbe Whiskeyflasche zu leeren und sich auf den Boden zu legen. Danach habe ich mich auf ihren Brustkorb gekniet, bis sie das Bewusstsein verloren hat. Die Wäscheleine hatte ich schon früher gesehen, ich warf sie über den Dachbalken, knüpfte eine Schlinge, hob die Bewusstlose hinein und erhängte sie. Es ging alles ganz leicht. Wieder daheim betete ich zu Gott, und ich spürte seine Zufriedenheit. Aus den Fällen, die mir über die Jahre zugetragen worden waren, habe ich die Liste meiner Zielpersonen erstellt. Aber die haben Sie ja im Keller gefunden.«

»Wie kommt es, dass wir in Lisa Schreiners Wohnung keine verwertbaren Spuren von Ihnen gefunden haben?«

Johannes Hiebler war überrascht. »Wahrscheinlich, weil ich meine Schuhe vor der Wohnung ausgezogen habe und wegen der Kälte Handschuhe, einen Anorak sowie eine Überhose aus Polyester anhatte. Alles relativ fusselfrei. Und ich hatte mir die Haare rasiert.«

Nach einer kurzen Verhörpause schilderte der Pastoralassistent die Planung und den Hergang der anderen beiden Morde ebenso detailliert. Als die Polizeieskorte ihn schließlich abholte, um ihn zu seiner Zelle zu geleiten, schüttelte er den beiden Ermittlern zum Abschied die Hände.

»Man könnte fast meinen, er ist uns dankbar«, murmelte Christoph Leitner und blickte dem geständigen Täter nach, wie er den beiden Polizisten mit hocherhobenem Haupt voranschritt.

Feiern

Sepp Semper hasste Pressekonferenzen. Er fasste die Ereignisse der letzten beiden Wochen knapp und präzise zusammen und hoffte, sich danach gleich vom Rednerpult verdrücken zu können. Aber die Presseleute hatten nicht vor, ihn so leicht vom Haken zu lassen, und nervten ihn mit Fragen.

»Wie sind Sie dem Täter auf die Spur gekommen?«

»Stimmt es, dass Sie das erste Opfer persönlich kannten?«

»Würden Sie angesichts von drei Toten von einem Ermittlungserfolg sprechen?«

Als eine Reporterin schließlich in schnippischem Ton wissen wollte, ob Johannes Hiebler der Polizei nicht früher hätte auffallen müssen und wie es seiner Meinung nach überhaupt zu dieser Mordserie habe kommen können, riss ihm der Geduldsfaden. Barsch entgegnete er: »Wie es zur Mordserie kommen konnte? Ganz einfach, ein Mitglied einer staatlich anerkannten Sekte hat sich zum Richter über anderen Aberglauben aufgeschwungen. Mehr gibt es dazu nicht zu sagen.« Unter Stimmengewirr und Blitzlichtgewitter verließ er das Rednerpult. Ihm war bewusst, dass er sich damit eine Schelte vom Landespolizeidirektor einhandeln würde, aber um derartige Lappalien hatte er sich noch nie geschert.

Am Abend saß das gesamte Kernteam der Ermittlungseinheit Leib und Leben inklusive der Gerichtsmedizinerin im gemütlichen Ackernstüberl des Gasthauses »Glöckl Bräu«

und ließ die aufwühlenden Ereignisse der letzten Tage und Stunden bei Bier und steirischer Hausmannskost Revue passieren. Dass eine der drei SMS an Roswitha Schneeberger durchgegangen war, grenzte an ein Wunder. Die patente Abteilungsassistentin hatte prompt reagiert und die angeforderte Verstärkung zur Praxis des Klangschalentherapeuten umgeleitet. Nicht auszudenken, was sonst passiert wäre.

»Als wir im Keller vor diesem Altar und den Fotos mit den Steckbriefen standen, konnte ich nur denken, wie krank dieser Typ sein muss«, ließ Christoph Leitner verlauten. »Dieser christliche Fanatismus, die Schale mit den Namen und wie er Schicksal über Leben und Tod spielte, da wird einem einfach schlecht. Aber jetzt, wo er uns die ganze Geschichte erzählt hat, verspüre ich fast Mitleid mit ihm. Auf jeden Fall habe ich eine ebenso große Abscheu gegen diese ganzen Esoteriker, Gurus und Wunderheiler entwickelt, die sich als Eingeweihte aufspielen und instabile Menschen in fatale Abhängigkeiten drängen.«

Der Rest der Truppe nickte zustimmend.

»Ich muss gestehen, ich habe auch mal eine Aura-Reinigung versucht«, gestand Roswitha und blickte in die Runde, um die Reaktionen der Kollegen an deren Gesichtern abzulesen. Was sie sah, war sprachlose Ungläubigkeit.

»Du? Du bist doch sonst so bodenständig«, kommentierte schließlich ein Kollege.

»Ist auch schon lange her. Damals ging ich gerade durch eine schwierige Phase.«

»Und? Wie war es?«, wollte Sonja Adelmann wissen.

»Einfach nur blöd. Die Frau hat total klischeehaft ausgesehen, rot gefärbte Haare, schwarz umrandete Augen, bunter Kaftan und auffälliger Eso-Schmuck. Sie hat behauptet, dass sie die kreisenden Energiebahnen sehen könne, die aus meinen Chakren strömten, und dass diese aufgrund meiner Blockaden verunreinigt seien, weshalb es damals in meinem

Leben nicht so gut lief. Dann hat sie sich mit Tüchern, Halbedelsteinen und Pendel ans Chakrenputzen gemacht und schließlich gemeint, die negativen Energien seien so stark, dass ich unbedingt weitere Sitzungen benötigte.«

»Und dann?«, fragten alle im Chor.

Roswitha zuckte nur mit den Schultern.

»Nach dieser Sitzung war ich geheilt von meiner Verirrung in die Esoterik. Wie ihr wisst, bin ich ja Gott sei Dank mit einer starken, bodenständigen Persönlichkeit gesegnet. Aber ich kann mir gut vorstellen, dass jemand, der labil ist, auf so einen Schwachsinn hereinfällt.«

»Apropos hereinfallen, wie geht es eigentlich dem Klangschalentherapeuten?«, erkundigte sich Peter Liebisch.

»Der hat einen Schock erlitten. Wir haben ihn an einen kompetenten Traumatherapeuten vermittelt, denn mit Klangschalen wird es wohl nicht getan sein. Bleibt abzuwarten, ob er durch dieses Erlebnis von seiner Scharlataneritis geheilt ist.«

Sepp Semper fiel auf, dass sich Markus Steiner in der darauf entflammenden Diskussion auffallend zurückhielt. In einem geeigneten Augenblick nahm er Christoph Leitner zur Seite und erkundigte sich mit gesenkter Stimme: »Sag mal, was ist denn mit dem Kollegen Steiner los? Ich habe schon lange keine blöde Meldung mehr aus seinem Mund gehört, und bei der Lösung des Falls hat er am Ende auch konstruktiv mitgewirkt.«

Sein Kollege schmunzelte. »Schön, dass du das registrierst, Sepp. Ich habe mit ihm auf der Fahrt nach Innsbruck ein ernstes Wörtchen geredet. Die Sache ist die, er schaut zu dir auf, und das ganze depperte Gehabe war sein patscherter Versuch, deine Anerkennung zu erlangen. Ich habe ihm klargemacht, dass er damit genau das Gegenteil erreicht. Vielleicht kannst du ihn ja hin und wieder mal loben.«

»Danke, Christoph.«

»Keine Ursache. Sag, Beate hat gefragt, ob du am Heiligen Abend nicht zu uns kommen möchtest. Ganz zwangloses Beisammensein, nur wir drei. Unsere Eltern besuchen wir erst am Christtag, und wir würden uns freuen, den Abend mit dir zu verbringen.«

Der Chefinspektor war von diesem unerwarteten Angebot seltsam berührt und gab sich einen Ruck. »Ich habe Lisas Eltern versprochen, am Nachmittag bei ihnen vorbeizuschauen. Aber so ab sieben komme ich gerne, wenn euch das nicht zu spät ist.«

»Schön«, war alles, was sein Kollege dazu sagte.

Ich könnte eine nette Gesellschaft sein

Gefühlsbetonte Anlässe waren für den Chefinspektor bedrohliche Minenfelder, um die er nach Möglichkeit lieber einen Bogen machte. Aber Heiligabend war gar nicht so schlimm gewesen, wie er sich das in seiner Weihnachtsaversion ausgemalt hatte. Eigentlich sogar ganz passabel, trotz aller Emotionalität.

Am Vormittag hatte er ein Arrangement aus rosa und weißen Schneerosen aus seinem Garten auf Christas Grab gestellt, eine Kerze entzündet und lange mit Christa geplaudert. Sie freute sich, dass er den Abend mit Christoph und dessen Frau verbringen würde.

»Das wird dir guttun, Sepp. Und vielleicht solltest du über die Feiertage einmal Sonja zum Abendessen ausführen.«

Dieser Vorschlag verwirrte ihn, und als er seiner großen Liebe erwiderte, dass er darüber noch nachdenken müsse, vermeinte er, wieder ihr glockenhelles, schelmisches Lachen zu hören.

Danach stattete er noch dem frischen Grab von Lisa einen Besuch ab. Auch seiner Jugendfreundin hatte er einen Zweig weißer Schneerosen mitgebracht, den er zu den in der Steinvase vorhandenen Astern steckte.

»Wir haben deinen Mörder gefasst, Lisa. Heute besuche ich noch deine Eltern, und ich werde ihnen alles genau schildern. Das wird ihnen helfen, deinen Tod etwas besser zu verstehen und zu verarbeiten.«

Bereits im Gehen wandte er sich noch einmal um. »Und

übrigens, für mich warst du immer eine tolle Frau und der beste Kumpel, den ich je hatte.«

Zwar bekam er keine Antwort, wie er es von Christa gewohnt war, aber er hatte trotzdem das Gefühl, dass zwischen ihm und Lisa wieder alles im Reinen war.

Kurz nach Mittag brachte er den obligatorischen Weihnachts-Chat mit seinen Eltern und seinem älteren Bruder, die den Winter traditionsmäßig in Thailand verbrachten, hinter sich. Sein Verhältnis zum Rest der Familie war nicht besonders innig. Früher hatte es ihn gewurmt, dass sein Bruder Heinrich sich einbildete, ein begnadeter Maler zu sein, und seit zwei Jahrzehnten vom Geld der Eltern lebte, die nur zu gerne das Märchen vom verkannten Genie aufrechterhielten. Mit fortschreitendem Alter hatte er jedoch die nötige Distanz gewonnen und bedachte Heinrichs jüngste Farbergüsse, die ihm dieser stolz via Skype präsentierte, mit den im Sinne des Weihnachtsfriedens angebrachten Lobesworten.

Lisas Eltern waren dankbar für seine Gesellschaft. Sie fütterten ihn mit selbst gemachten Keksen, darunter auch die Linzer Augen, denen er schon in den Tagen seiner Freundschaft mit Lisa verfallen war, und löcherten ihn mit unzähligen Fragen über den Mörder ihrer Tochter und dessen Motive. Er beantwortete sie mit ausnehmender Geduld, wusste er doch aus eigener Erfahrung, dass dies ein wichtiger Teil ihrer Trauerarbeit war.

»Und du, Sepp? Wie schaffst du das bei deiner Arbeit? Ich meine, diese ganzen schrecklichen Tatorte, die du zu Gesicht bekommst, all das Leid …«, wollte Lisas Vater schließlich wissen.

»Geht es dir wohl gut?«, fügte seine Frau hinzu.

Der Chefinspektor war gerührt von der aufrichtigen Sorge, die aus ihren Augen sprach, und ihm wurde bewusst, dass die Eltern seiner ehemaligen Freundin ihn schon immer besser gekannt hatten als seine eigenen.

»Ich habe gelernt, damit umzugehen. Wichtig ist, für Ausgleich zu sorgen. Bei mir sind das Sport, Musik, ein gutes Buch oder mich mit einem selbst gekochten Essen zu verwöhnen.«

»Warum hast du damals eigentlich dein Jusstudium abgebrochen und diese Laufbahn gewählt?«

Sepp Semper überlegte, während er sich ein weiteres Linzer Auge einverleibte.

»Es hat mit gesellschaftlicher Verantwortung zu tun. Die Mörder hinter Gitter bringen, die Gemeinschaft schützen und den Angehörigen die Klarheit zuteilwerden lassen, die sie verdienen. Das verschafft mir eine gewisse Befriedigung, die mich weitermachen lässt.«

Nach einer kurzen Denkpause fügte er hinzu: »Dem Bösen Auge in Auge gegenüberzutreten hat auch etwas Elektrisierendes und Süchtigmachendes an sich. In gewisser Weise brauche ich diesen Kick.«

»Pass nur auf, dass du dabei nicht unter die Räder kommst. Der Kontakt mit dem Bösen kann sehr toxisch für die Seele sein.«

Die warnenden Worte aus dem Mund von Lisas Mutter wurden von einem bestätigenden Nicken des Vaters begleitet. Sepp Semper spürte, wie ein kalter Schauer über seinen Rücken und seine Unterarme kroch. Auch in seinem Kopf spukte immer öfter die Frage herum, ob der ständige Blick in die menschlichen Abgründe irgendwann seinen psychischen Zoll von ihm und seinem Team einfordern würde. Da derartige Gedanken jedoch nicht gerade bekömmlich für die Weihnachtsstimmung waren, schob er sie beiseite und stattdessen noch einen Keks in seinen Mund.

Der Abschied von Lisas Eltern war emotional, er umarmte beide herzlich und versprach, sich hin und wieder blicken zu lassen. Ein Versprechen, das er vorhatte zu halten.

Der Abend mit Christoph und dessen Frau Beate verlief unerwartet zwanglos und unterhaltsam. Beate hatte eine köstliche, in der Folie gebackene Forelle mit Rosmarinkartoffeln und Babyspinat vorbereitet, sie hatten reichlich Wein getrunken und kein einziges Mal über die Arbeit geredet.

»Kochst du eigentlich für dich allein?«, wollte Beate wissen, was in eine Diskussion über Lieblingsgerichte mündete und dem Chefinspektor ein Rezept für Thai Massaman Curry einbrachte. Danach landeten sie über dem Thema der Freizeitgestaltungen bei den unerfüllten Lebensträumen.

»Ein Abendessen mit Stephen King und einen Marathon in Florenz laufen«, entschied Sepp Semper.

»Ein Tauchgang im Baikalsee und die Robben dort sehen«, antworteten seine Gastgeber unisono.

Sie philosophierten über One-Hit-Wonder, und Beate bereicherte sein Musikwissen, indem sie ihm Bobby Gentrys »Ode to Billie Joe« vorspielte.

Sepp Semper gestand sich ein, dass er in Gesellschaft schon lange nicht mehr so nahe an ein Ich-fühle-mich-wohl-Gefühl herangekommen war. Er entdeckte Seiten an seinem Kollegen, die ihm, trotz der langen Zusammenarbeit, bisher verborgen geblieben waren. Nach guten drei Stunden wurde er allerdings kribbelig und verabschiedete sich von seinen Gastgebern. Daheim versank er in seinen Lieblingssessel und hüllte sich in die rockenden und rollenden, swingenden und stampfenden Klänge von Tom Waits' »Bad As Me«. Dabei grübelte er darüber nach, ob er Christas Rat befolgen und Sonja zum Abendessen ausführen sollte.

»Mach's nicht so kompliziert, Sepp«, flüsterte Christas Stimme, und er beschloss, die Gerichtsmedizinerin am nächsten Tag anzurufen. Er wusste, dass sie eine Schwäche für italienische Küche hatte. Erst unlängst hatte er von einem ausgezeichneten, von einem Sizilianer geführten Lokal in einem der Hinterhöfe in der Sackstraße gehört. Das würde er Sonja vorschlagen.

Die köstliche Fischplatte für zwei war mittlerweile von der charmanten, aber etwas vergesslichen Kellnerin abgetragen worden. Öl-, Tomaten- und Wachsflecken zierten die weiße Tischdecke, und die Rotweinflasche zwischen ihnen neigte sich dem Ende zu.

»Manchmal führe ich Gespräche mit Christa.« Das knappe Geständnis hatte sich völlig unerwartet über seine Lippen geschlichen, und er bereute es schon in dem Moment, als die Schallwellen auf Sonja Adelmanns Gehörnerven trafen. Verlegen zupfte er an seinem Ohrläppchen herum und setzte nach: »Bin ich verrückt oder auch dem esoterischen Schwachsinn verfallen?«

Das Lächeln, das sich wie durch eine sanfte Brise verursachtes Kräuseln auf einer stillen Wasserfläche auf dem Gesicht seiner Begleitung ausbreitete, ließ ihn die Peinlichkeit vergessen.

»Nein, Sepp, du hast deiner Intuition einfach Christas Stimme verliehen. Das ist weder verrückt noch esoterisch und keinesfalls ungewöhnlich.«

Das sanfte Kräuseln wuchs sich zu einem schelmischen Grinsen aus, und sie fügte hinzu: »Außerdem, ein bisschen verrückt warst du schon immer, aber gerade das macht dich so liebenswert.«